绑架游戏

[日] **东野圭吾** 著

潘郁灵 译

CTS 湖南文艺出版社
HUNAN LITERATURE AND ART PUBLISHING HOUSE
博集天卷
CS-BOOKY

· 长沙 ·

ゲームの名は誘拐

目 CONTENTS 录

Chapter 1

第 一 章

001

我拿着酒杯一动不动地听着。愤怒和屈辱瞬间充斥了我的全身。此时此刻，我一旦发出声音，就一定是狂风暴雨般的怒吼；一旦动弹一下，面前的玻璃杯就一定会被砸个粉碎。

Chapter 2

第 二 章

015

"你觉得我会喜欢他们? 喜欢那些一直无视我，虽然脸上带着微笑，但也只是戴着微笑面具的人?"
说得真好! 我暗暗佩服道。

Chapter 3

第 三 章

035

"你给我爸爸打个匿名电话，告诉他如果想让女儿平安回家，就得准备一千万日元的赎金。"
我弯下腰，从下往上盯着她的脸。
"你不会是认真的吧?"
"总之我肯定不会再回去了，所以我需要钱。为了钱，我什么都可以做。"

Chapter 4

第 四 章

053

"当然。不过我想再次确认一下，你真想这么做吗?"
"不然我为什么要来这里?"
"请给我一个明确的答案，你到底要不要玩绑架游戏? 如果你还没下定决心，也请明确告诉我。我会等你考虑清楚再决定。"

Chapter 5

第 五 章

071

那么，"我们并未对令千金造成任何身体上的伤害"的表述就只是为了暗示强奸的可能性，同时又隐含了绑匪无意这么做的意思。等到案件侦破后，刑警们会从树理口中得知其中有一名女绑匪，继而恍然大悟。

Chapter 6

第 六 章

091

我去浴室快速冲了个澡，然后一边刮胡子，一边思考起了下一步计划。不管怎么说，葛城胜俊应该都会在网站上回复，而且大概率会同意交易，但也定然不会轻易同意我们的要求。首先，他一定会提出一些条件，例如确认女儿是否安全之类的。那我该如何应对呢?

Chapter 7

第 七 章

105

这是在以绑架为题材的小说和电影中必定
会出现的场景。一旦受害者要求确认人质
安全，绑匪就要绞尽脑汁躲过警方的侦查。
这应该可以说是警方与绑匪之间的第一次
正面对决。一些大胆的绑匪，甚至会通过
电视直播来告知对方人质的情况。

Chapter 8

第 八 章

115

目前最大的问题在于该如何收取赎金。毕
竟那可是三亿日元啊，无论是体积还是重
量，都不容小觑。我还得找辆车来运走。
但一旦开车，就很容易被警方追查到踪迹。
更何况，我对拿着一堆钞票逃跑这种原始
方法也毫无兴趣。

Chapter 9

第 九 章

137

说实话，对于和她发生了肉体关系这件事，
我是有些后悔的。倒也不是有什么特别的
原因，既不是觉得自己破坏了游戏规则，
也不是因为碰了重要"商品"而觉得愧疚。
单纯只是觉得自己似乎埋下了一个隐患，
做了一件无法挽回的事。当然，这只是一
种直觉。

Chapter 10

第 十 章

145

"我跟你说过很多次，这可能是我们这辈子
玩得最大的一场游戏，没有你想的那么轻
松。我们走每一步，都必须经过周密规
划，否则一着不慎，就会满盘皆输。这
次的行动，也只是整个计划中的一个步骤
而已。"

Chapter 11

第 十 一 章

163

其实还有一种可能，只不过可能性极低，
所以我也就没说出口——那就是，警方并
没有采取行动。也就是说，葛城胜俊没有
报警。要是那样，只出现一辆奔驰也就不
足为奇了。

Chapter 12

第 十 二 章

175

不过葛城所说的"把事情闹大"，究竟是什
么意思？是要报警吗？真没意思，他不会
到现在还没报警吧？用这么一句话就想威
胁我，他也未免太小瞧我了吧。

Chapter 13
第 十 三 章
187

树理给出的指示是"立刻带上钱出发",但没有明确说明去哪里,只给出了"沿着某条道路向西走"之类的模糊指示。
与此同时,树理也给葛城胜俊打了电话,就是刚才让他中途离场的那通电话。她给葛城的指示很简单:"准备好纸箱和胶带,随时准备开奔驰出发。"

Chapter 14
第 十 四 章
201

"我只是突然想到,其实游戏没有完全结束,还剩最后一个关键步骤……"我竖起食指说道,"归还人质。你得装成一个无辜的受害者——被冷酷的绑匪囚禁,甚至还被迫协助他们取走赎金。现在,是时候把你送回那个疼爱你的爸爸身边了。"

Chapter 15
第 十 五 章
215

"有没有一个只有你能进入、只有你知道的藏身点?如果有的话,这些钱可以先存放在那里。"
她稍微想了想,然后狡黠一笑。"还真有一个地方,挺合适的。"
"在哪儿?"我刚问出口,便突然明白了她的意思。

Chapter 16
第 十 六 章
225

我看了一眼留言的发布日期,是昨晚。字面意思是催促对方尽快归还树理,但她应该已经平安回到葛城家了啊!
还是说,这是一个陷阱?
有这种可能。也许他们故意制造出树理尚未归家的假象,企图诱使绑匪主动联系。

Chapter 17
第 十 七 章
231

葛城胜俊、树理……这对父女的面容在我脑海中交替浮现。我全然猜不透他们的心思。此刻他们身在何处,又在做些什么,我更是毫无头绪,甚至已经有些不知所措了。

Chapter 18
第 十 八 章
241

她讲的那些事,真的可信吗?毕竟,她连身份都是假的。可若说是临时瞎编,又编得太精妙了。扭曲的血缘、复杂的关系……这时,一个大胆的假设在我脑海中突然浮现。

Chapter 19

第 十 九 章

247

我摇了摇头。不可能，以我对他的了解，他绝非遇到威胁就会轻易屈服的人。他对游戏充满了自信。在这场与绑匪的高智商博弈里，他绝对不可能从一开始就放弃主动权。

Chapter 20

第 二 十 章

259

不过，我更在意杉本最后那句话。的确，树理一死，葛城家的人际关系便不再复杂。当然，葛城家的人究竟怎么想，目前还不清楚。

Chapter 21

第 二 十 一 章

273

我试图开口，但大脑的指令传不到嘴边，我意识到自己已经发不出任何声音了。或许听觉也出了问题，不过这已经不重要了。我的思维仿佛被黑暗吞噬，接着坠入了无尽的深渊。
突然间，我意识到，也许这就是我最后的感知了。

人性光谱下的"无人生还"
——《绑架游戏》译后记
——潘郁灵

290

为了活下去的人，都是拼了命的。

无论是谁，都会戴着应付某一场合的面具。

第一章

我拿着酒杯一动不动地听着。愤怒和屈辱瞬间充斥了我的全身。此时此刻，我一旦发出声音，就一定是狂风暴雨般的怒吼；一旦动弹一下，面前的玻璃杯就一定会被砸个粉碎。

一听到"结婚"这两个字，我顿时就对她失去了兴趣。丰满的胸部、纤细的双腿、光滑的皮肤……在我眼里都只不过像是人体模型的一部分而已。

　　见她似乎看穿了我的冷淡，我也就索性直接下了床。穿上方才随手丢开的平角裤，又对着镜子整理了一下凌乱的头发。

　　"你这是什么表情？"她坐起来，把长发往后拢，"就算不愿意，也没必要挂在脸上吧。"

　　我根本不想回答。看了看闹钟，还有五分钟就到八点了，时间刚刚好。我关掉了原本五分钟后会响起的闹钟。

　　"我已经二十七岁了，"女人继续说道，"会考虑结婚的事也很正常吧。"

　　"我不是跟你说过，我从来就没想过结婚之类的事情。"我依旧背对着她。

　　"你说的是没怎么想过，而不是从来就没想过。"

　　"是吗？"

　　反正结果都一样，很多事一旦被戳破就没意思了。我开始在床边做起了俯卧撑。要注意节奏，用力的时候要往外呼气——这是我的健身教练告诉我的。

"喂，你生气了？"

我没有回答，因为怕自己记不得已经做了几次。二十八、二十九、三十……开始吃力了。

"那我问你，你到底打算怎么对我？"

做到第四十二下的时候，我终于趴下了，翻过身躺在地板上，将双腿塞进床底，准备做仰卧起坐。

"也没什么特别的打算。我喜欢你，喜欢抱着你，所以就抱了你。仅此而已。"

"所以你从来就没考虑过结婚的事情吗？"

"从一开始我就说过，我从来没想过这事。我跟你不一样，我一点也没考虑过结婚，而且未来也不打算考虑。"

"如果我不愿意这么下去呢？"

"那就没办法了。你去找个愿意考虑结婚的男人吧。我想，这对你来说应该很容易。"

"你是不是厌倦我了？"

"怎么会呢？我们才刚交往三个月而已。但如果我们的想法不一样，那我就只能放弃了。"

女人沉默了。我不知道她在想什么。作为一个骄傲的女人，她不可能说出什么难听的话。见她陷入思考，我又开始做起了仰卧起坐。三十岁一过，肚子上就容易长肉，于是仰卧起坐也就成了我每天早上的必做功课。

"我回去了。"女人说完就下了床。预料之中的回答。

就在我做仰卧起坐的时候，她已经穿好了衣服——一条黑色连衣裙，然后迅速拿起包，甚至没有顾得上补妆。

"我不会再给你打电话了。"说完，她就走出了房间，而我则依旧躺在床边。

她的身体堪称完美，而我也承认自己的确很迷恋她的身体，但没办法，与她共度余生是另一回事。当然，偶尔对她的"结婚要求"敷衍一下，应该也能继续维系我们的恋爱关系，等到哪天真的厌倦再提出分手也不迟。只不过我不是那种人，倒也不是觉得会因此受到良心的谴责，只是单纯觉得这种做法太麻烦了。我曾有过无数段恋情，其中有几段就是依靠不断的谎言和妥协来维持的，但我心里清楚，这些感情都不会有什么好结果。

洗了个澡后，我又在洗脸台旁刮了胡子。此时，她的事情早就被我抛诸脑后了。相反，我的脑海里浮现出了另外两个女人的名字，一个是刚刚出道的模特，另一个只是普通的上班族。我知道她们两人的手机号码，但从未给她们打过电话。模特倒是主动给我打过电话。说起来，其实我更喜欢那个上班族女人，只不过之前和她喝酒的时候，我感觉她对我似乎没什么意思。我也不打算在她身上耗费太多时间和精力。首先，她还没迷人到那种程度；其次，更重要的是，我也没那么多时间。

我做了火腿蛋，烤了面包，又热了罐汤当早饭。最近蔬菜量有些摄入不足啊。冰箱里应该还剩了些花椰菜，要不今晚就直接做道奶汁烤花椰菜吧。

换衣服的同时，我顺便打开了电脑，打算查看一下电子邮件。只有几封邮件是与工作相关的，其余全都是些无关紧要的内容。甚至还有几天前在一家俱乐部遇到的女公关发来的邮件，我看也不看就直接删除了。

离开房间时已经过了九点，换句话说，自我醒来后，已经过去一个多小时了。我果然还是不善于管理时间啊。我快步走向地铁站，从家里过去大约需要七分钟。

东京港区一栋十五层大楼内的第九层和第十层，便是我所在的公司——"网络计划"的办公室。我在第十层走出电梯。

走到自己的办公桌前，我发现电脑上贴着一张字条，上面写着"请到我的房间来——小塚"。我放下包后，便直接沿着过道走进去。

社长办公室的门敞开着。社长办公室的门关闭时，非紧急情况不得入内。相反，只要门开着，那就表示可以自由进出。这是公司社长小塚定下的规矩。

走近时，我看到小塚正与一位女员工说着话。见我进来后，他便迅速结束了话题。

"剩下的就交给你了。总之，别再用那个设计师了。"小塚对那位女员工说道。她答了一声"好的"后，就离开了办公室。与我擦肩而过时，她还向我微微点了点头。

"我记得她在负责一个新游戏的软件项目吧。"

"嗯，游戏可不好做啊。"小塚合上了摊在桌子上的文件。

"把门关上。"

看样子，小塚不是有大项目，就是有严肃的问题要找我谈。我关上门，走到他的办公桌旁。

"日星汽车打来电话了。"这位四十五岁的社长说道。

"终于决定了吗？那就该开第一次讨论会了吧？我这周随时都有空。"

小塚依旧坐在椅子上，一脸阴沉地摇了摇头。

"不是。"

"您说的是'汽车公园'那个项目吧？"

"是的。"

"那是……他们还得再过一段时间才能给出回复？"

"不，已经回复了，我刚刚接到电话。"

"所以是？"

"取消了。"

"什么？"我一时没听懂这句话的含义，便往前走了一步。不，其实我听懂了，只是不愿意相信罢了，因为这实在太难以置信了。

"取消了。'汽车公园'的计划已经被废除了。"

"这也太……过分了吧。"

我多希望这只是小塚在故意耍我，但他表情凝重，丝毫不像是在开玩笑。我感觉浑身血液都在逆流，体温似乎也上升了两摄氏度。

"我也觉得难以置信。"小塚摇了摇头，"都到这一步了，怎么会说取消就取消了呢？"

"这是怎么回事？可以请您说一下情况吗？"

"对方约了我们今晚开会，到时候我会问清楚的。不过这场会，说白了，不就是对方下的最后通牒吗？"

"是完全废除了，还是说只是难度加大了而已？"

"完全废除了，'汽车公园'的方案已经完全作废。"

我用握紧的右拳击打了一下左掌。

"都进行到这个阶段了，怎么会突然……"

"负责人似乎也觉得很奇怪。"

"那是肯定的啊。所有人都为这个计划花了那么多时间……"

"他们说，会保证将已经产生的费用结算给我们。"

"我觉得这不是钱的问题。"

"嗯，确实如此。"小塚挠了挠鼻子。

我把双手插进口袋，在社长办公桌前踱起步来。

"这款车是日星汽车时隔多年推出的新产品，他们想举办一场大型活动，同时借这个机会提升国产汽车的形象。他们原先的想法是举办一场类似车展的活动，但又不是单纯的展览，所以才会委托我们策划方案。对方当时就是这么说的吧？"

"是的。"

"他们之所以没有选择大公司，而是找了我们这种中型公司，除了出于预算方面的考虑，也是希望我们能提出一些全新的创意。"

"你说得没错。"

"如今计划终于成形，只待他们一声令下就可以实施了，他们却退缩了？那可是名扬天下的日星汽车啊！"

"好了，别生气了。确实，我们公司很少能接到这么大的项目，所以我很理解你的心情。但是客户取消合作这种事，我们也无能为力啊。说不定将来还会遇到类似的事情。"

"这种事情要是多来两次，我可受不了。"

"影响最大的人应该是我才对。现在我不得不重新修订商业计划了。虽然日星表示他们会给我们其他方面的订单，不过我是不打算抱什么希望了。"

"估计也就是委托我们找个偶像拍广告之类的吧。今晚的会议，我可以一起去吗？"

"不，你就别去了。"小塚伸出右手拒绝道，"要是你去，说不定会跟对方吵起来。我们现在就退一步，卖个人情也好。"

小塚真不愧是个商人啊。我再次深刻地意识到，他不是创造者，就是个单纯的经营者。

我叹了口气，问道："要解散项目组吗？"

"是的。等我今晚了解清楚后给你发邮件，你再根据邮件内容通知其他相关人员吧。"

"我相信，绝对有人比我更生气。"

"也许吧。"小塚耸了耸肩。

虽然那天我在办公室待到了傍晚，但实际上我并没有做多少工作，因为我满脑子都在想"这到底是为什么"。早早下了班后，我便直奔常去的那家健身房。

骑了大约四十分钟的自行车，虽然浑身是汗，却一点都没有爽快的感觉。这种不要命似的机械训练，只会徒增身体的疲惫感。完成平日运动量的大约七成后，我去洗了个澡。

刚走出健身房，我的手机就响了。来电的号码有点眼熟，总觉得在哪里见过，却又记不起来。

"佐久间吗？是我，小塚。"

"啊，社长。您和日星谈完了吗？"

"谈完了。有点事想找你聊聊，我现在在六本木，你能过来一下吗？"

"可以啊。哪里见？"

"'萨宾'。你知道吧？"

"知道。大约三十分钟后到。"

挂断电话后，我正好看到一辆路过的出租车，便连忙挥手拦下。

"萨宾"是一家健康食品公司为了避税而开的俱乐部，小塚带我去过几次。俱乐部很大，很华丽，女公关的数量也很多。内部装修花里胡哨的，犹如一个个花式蛋糕，看一眼就让人觉得厌烦。每次走进这家俱乐部，我都会忍不住想：要是他们把这件事交给我负责，只要一半的预算，我就能做出比这更精致的效果。

下了出租车后，我乘坐旁边商场的电梯上楼。

俱乐部的门口站着两位迎宾小姐——一位黑衣女子，一位身材高挑的金发美女。黑衣女子的态度极为恭敬，金发美女则用生涩的日语向我打了招呼。

"小塚社长在里面吧？"

"是的，社长先生在里面呢。"

这里有两个入口，一左一右。左边入口通往大厅，右边入口则通往吧台。我被带进了右边入口，但没有在吧台处见到小塚的身影。吧台后设有包厢，是专供特殊客人使用的贵宾室。倒不是因为小塚被这里奉为上宾，只是因为他与一位政客关系密切，所以多少还是能享受到一些特权的。小塚目前也还在为那位政客设计个人形象。

贵宾室内，小塚正和两位女公关一起喝着加冰轩尼诗。看到我后，他微微举手示意。

"不好意思啊，特意把你叫出来。"

"没关系，我也正堵得慌呢。"

小塚点点头，似乎早就料到会是这样。

女公关问我想喝什么，我点了杯纯酒。贵宾室内设有专用吧台，女公关在那里拿出一只白兰地酒杯，为我倒了一杯轩尼诗。不过，我并不打算马上喝。

"不好意思，我们两个有些话要谈。"小塚说完，两位女公关便微笑着离开了。

"情况怎么样？"我问道。

"嗯，我已经大致了解清楚了。好像是在前几天的董事会上被废除的。"

"这个我明白，我想知道这到底是为什么。"

"因为……"小塚一边说着，一边摇晃杯子里的冰块。

"这是个很大的项目，但似乎看不出效果。简单来说，就是这个原因。"

"看不出效果？这话是谁说的？他们一开始决定启动这个项目，难道不是因为觉得有效果吗？"

"看来这些借口是说服不了你了。算了，我就实话实说了吧。反对'汽车公园'方案的人，正是新上任的副社长——葛城先生。"

"葛城先生，就是会长的公子……"

"嗯，就是葛城胜俊。听说就是他要求重新考虑一下的。"

"所以花了好几周时间才确定的计划，就因会长家的大少爷一时兴起的一句话而被废除了？"

"他可不是那种纨绔子弟。据说这位葛城先生在销售、市场、广告等领域都有过多年的实战经验，后来又在美国分公司学习了不少营销方法。虽然不到五十岁就突然被任命为副社长，多少也是沾了他那位会长父亲的光，但据说他本身的实力也不容小觑。"

"小塚先生，您今晚见到他了吗？"

"见到了，是个不苟言笑、眼神锐利如鹰的人。"小塚说着，一口气喝干了杯中的酒，大概是回想起对方的模样，还不免有些后怕吧。

"嚯，独裁者登场啦！"我说着，拿起了白兰地酒杯。

"葛城先生说，他会再给我们一次机会。"

"嗯？"我拿着酒杯，扭头看向这位年轻的社长。

"那就不一样了！我重新修改一下计划，这次一定会做到让他挑不出任何毛病来！"

"这是当然。不过他们还提出了两个条件。第一，必须突出日星对环境问题的重视。除了车辆本身的排气量小以及节能这两个方面外，还要体现日星在制造过程中也非常重视环境问题。"

"听起来也没什么大不了的。那另一个条件呢？"

"嗯，这个嘛……"小塚说着，又往杯子里倒了些酒，似乎在故意躲避我的目光。

"另一个条件是什么？"我又问了一遍。

小塚轻轻叹了一口气，才又开了口。

"另一个条件是，更换项目组全部成员，尤其是项目负责人佐久间骏介。"

虽然听到了自己的名字，但我完全理解不了小塚话中的意思。不，准确来说，正是因为听到了自己的名字，所以才觉得不能理解。

"换掉我？"

"葛城先生似乎已经对你迄今为止的工作做了一次详细调查，然后得出了一个结论。我先声明，这不是我说的，是葛城副社长的原话。"

"没关系，请说吧。"

"佐久间的想法很独特，也许能在短期内引起人们的注意，可他缺乏长远的目光。这个做法确实简单易懂，但没有真正读懂消费者的内心。为新车宣传活动打造一个类似游乐园的地方，这种创意算不上新颖，甚至会让人觉得有些肤浅。日星汽车希望自己的消费者在购买汽车的同时，也能获得一种自豪感。但是，没有人会为了获得自豪感而跑去游乐园玩。所以这次，我希望能找到一个更有远见的项目负责人。以上就是葛城先生的原话。"

我拿着酒杯一动不动地听着。愤怒和屈辱瞬间充斥了我的全身。此时此刻，我一旦发出声音，就一定是狂风暴雨般的怒吼；一旦动弹一下，面前的玻璃杯就一定会被砸个粉碎。

"都听明白了吧？"小塚问道。我摇了摇头。

"简单来说，就是'网络计划'的佐久间是个无能之辈……"

"没你想得那么严重，只是不符合葛城先生的经营方针而已。"

"有什么区别吗？葛城先生一定觉得自己才是最好的。"我猛喝了一大口白兰地，酒精的灼热感一路从食道蔓延至胃部。

"我们别无选择，只能接受他们的条件。明天我会和杉本谈谈。"

"让杉本接替我的工作？"

"是的。"

"演唱会专家杉本？"我露出了一个讽刺的笑容，努力维持着自己的尊严。

"我说完了。"

"我也听得很明白了。"我站起身道。

"要不要再喝点？我向来很愿意陪人喝闷酒。"

"别为难我了。"我轻轻摆手道。

小塚点点头，嘟囔了一句"确实挺为难的"，便又喝起了酒。

离开"萨宾"后，我不打算直接回家，便拐去了一家常去的酒吧。在吧台的角落找了个位子坐下后，我灌了好几口加冰波本威士忌，却如同吞下的是铅块一般，心里依旧堵得慌。没有真正读懂消费者的内心……想法很肤浅……希望找到一个更有远见的项目负责人……刚才听到的那些话重重地撞在我心上，我的内心似乎有什么东西正在崩塌。

开什么玩笑！四年前，我从一家大型广告公司跳槽到现公司，之后但凡是我参与设计的产品，就没有一件是卖不出去的。无论是商品还是人，无论是珍宝还是垃圾，我都能使之畅销——我就是这么自信。一个没有真正读懂消费者内心的人，怎么可能做到这一点?

喝了半天酒,不仅愁一点没消下去,头还开始有点发沉,于是我从酒吧出来,在街上拦了一辆出租车。

"去哪儿?"司机问道。

本该回答"茅场町"的,因为我的公寓就在那里。但这时我心头突然一动——大概就是人们常说的"鬼迷心窍"吧,脱口而出道:"去田园调布。"说完,我又补充了一句:"你知道日星汽车葛城正太郎会长的家吗?就去那附近。"

"哦,那栋豪宅啊。"司机显然知道那个地方。

第二章

"你觉得我会喜欢他们？喜欢那些一直无视我，虽然脸上带着微笑，但也只是戴着微笑面具的人？"

说得真好！我暗暗佩服道。

那是一栋超级大的西式豪宅，大到要不是因为有门牌，我差点误以为这是某个游乐场所了。正门上雕刻着精美的花纹，两扇门之间的宽度足以让卡车通过。大门两侧各有一座带卷帘门的车库，从宽度来看，无论是奔驰还是劳斯莱斯，都能轻松停放四辆。围墙的另一边种着许多树，看起来就像一片小树林，将主屋很好地隐藏了起来。站在路边，只能勉强看见主屋的屋顶。从我站的位置来看，主屋与大门之间似乎还颇有一段距离。光是从大门走到玄关，估计就能让人累得腿发软吧。

我并没有鲁莽地走近大门，因为我已经发现门柱上装有摄像头了。当然，其他地方或许也装有摄像头，所以我才会在距离这里很远的地方下出租车。现在，我已经走到距离豪宅二十米左右的地方。正好路边停着一辆小型厢式货车，我便躲在了车后的阴影处。

我觉得自己必须和葛城胜俊见一面，然后当面问他：你到底为什么不喜欢佐久间骏介？你觉得他的想法到底哪里"肤浅"了？小塚的说明根本没有解答我的疑问，我也完全不能接受这个结果。

然而，看到眼前这座堡垒般的巨大豪宅后，我犹豫了。此时来拜访，葛城胜俊未必愿意见我，我很可能会被拒之门外。就算我说明自己的身份，也不会有任何改变。我可能会被当作某个因为不死心而追上门的销售人员。就算成功见到他，就冲我现在这满口酒味的样子，我也会被认为是来撒酒疯的人，他肯定一见到我就会避之不及。

毕竟我现在也的确是喝醉了。对出租车司机说出这个目的地时，我确实是气得快受不了了。

最终什么也没发生。原来真正站在敌人面前时，我远没有自己想象中那般无畏，依旧会因为惧怕而迈不动步子。但临阵逃脱更会让我觉得无比屈辱，于是我只能站在原地，不进也不退。为自己的退缩找出的各种理由，又何尝不是借口呢？

我越来越生气，这一次气的是我自己——佐久间骏介啊，你究竟在怕什么呢？

这时，我觉得自己清醒了许多，便决定再试一次。不能逃，一定要和葛城胜俊对抗到底。但不可冲动，务必要有周密的计划方可行动。

我指着那栋豪宅，心里暗道：等着看吧，葛城先生，我一定会让你好好见识一下我的能力。

就在这时，我的余光似乎瞥到了什么东西在动。我扭头看向围墙的角落处。

有人正在翻墙！但不是翻进去，而是翻出来。那道人影跨过墙头的铁栅栏时犹豫了一下，然后才跳下来。虽然一屁股坐在地上，但看起来应该没有受伤。

一开始我以为是小偷，不过我很快就推翻了这个想法，因为我发现那是个少女——我还从没听过有哪个人会穿着裙子到别人家偷东西。

少女看起来也就十几岁，最多不过二十出头的模样，不仅长得漂亮，身材也很不错。她四下查看了一番，而我依旧躲在车后的阴影里。

见她快步离开，我犹豫了一下，也跟在她身后走了出去。路过葛城家门前时，我故意将脑袋转到了另一侧，以防被摄像头拍下。

跟踪她完全是出于一种直觉。我不认为那么一个少女能旁若无人地潜入葛城家，所以只有一种可能：她是因为某种原因而不得不逃离葛城家。到底是什么原因呢？我很好奇。

少女似乎一直没发现我跟在她身后，或许是因为我时刻注意保持距离。走出大街后，她伸手拦下了一辆出租车。我这才终于开始有点着急了。等她上了车，可就追不上了啊！

我连忙跑到大街上，这时她坐的出租车已经开始发动。我记住那个车牌号后，站在原地等待下一辆出租车到来。幸运的是，我很快就遇上了一辆空车。

"先一直往前开，尽量开快点。"我上车后对司机说道。

然而，司机似乎有些不情愿，一脸不满地发动了车子。我连忙拿出一张一万日元的钞票在他眼前晃了晃。

"跟上前面那辆黄色出租车。"

"我不想做这么麻烦的事，先生。"

"没事，不会给你惹麻烦的。那辆出租车里有个女孩，她父母让我跟着她。"

"哦？"

司机听完，猛踩了一下油门。看来他同意了。于是，我将那张一万日元的钞票放在了车内收款用的小托盘上。

要是来不及在驶入环八线①前赶上可就麻烦了。我正担心呢，前面的车就在前方的红绿灯处停了下来。我确认了一下车牌号，对司机说："就是那辆车。"

"追上以后呢？抓她回去吗？"司机问道。

"不，我只是想弄清楚她要去哪里。"

"哦，然后向她的父母报告吗？"

"嗯，差不多是这样。"

"原来如此。她父母一定很疼爱她吧。"虽然不知道司机是怎么理解我这句话的，不过他似乎得出了自己的结论。

少女乘坐的出租车沿着环八线一路向南驶去。我们这辆车紧随其后。对方车速不快，所以跟起来倒也不难。

"我还以为年轻女孩都喜欢去涩谷那一带呢，但她好像不是啊。"司机说道。因为那辆车正朝涩谷的反方向开去。

很快，前面的车就左转驶入了中原街道。

"一直往前走应该就是五反田了吧？"我问道。

"是啊。听说最近五反田有很多好玩的地方。"

---

① 东京都市计划公路干线街路环状八号线。起点是羽田机场，经过世田谷区、杉并区，到达北区的岩渊町，全长44.2公里。——译者注

费劲翻墙就只是为了去玩吗？虽然那么晚出去，她的父母肯定会不高兴，但从她翻出来时的表情看，她完全不像是个打算偷偷溜出去玩的小姑娘，倒更像是遇到了什么紧急的事情。正因此，我才会果断跟上来。

前方就是五反田站了，那辆出租车却没有要停下来的意思。驶过车站后，车子又向右转去。

"哦哦，这次是去品川方向了。"

"好像是。"

少女乘坐的出租车驶入了第一京滨国道①。我们这辆车同时跟了上去。很快，右侧就出现了 JR 品川站，左侧则是一排十分有名的酒店。

"啊，他们准备左转了。"司机说道。果然，前面的车已经亮起了转向灯。

"跟上去。"

"那可就开到酒店去了啊。"

"没关系。"

缓坡的顶端就是酒店正门，前面的车就停在那里。我让司机把车停在了稍远一些的位置。

"大概是去和哪个男人幽会吧。"司机一边说着，一边撕下了车票。

"可能是吧。"我附和道。

---

① 连接东京和横滨的主干道之一。——译者注

少女穿过旋转门走进酒店。过了一会儿，我也跟着走了进去。

司机的猜测可能是对的。要真是为了和哪个男人幽会，那么大晚上从家里翻墙出来也就说得通了。可要是果真如此，那我一路跟了这么远，岂不就毫无意义了吗？不不不，不管怎么说，能掌握些葛城家的秘密总归是不会有损失的。我又马上恢复了精神。

进门后，前台就在左边。柜台很长，不过此刻里面没有人。少女按下柜台上的呼叫铃后不久，一位穿着灰色制服的酒店服务员就从后面走了出来。我从钱包里掏出一张一万日元的钞票，走到少女身后。

"抱歉，今天的房间都已经订满了。"服务员对少女说道。看来她正急着订房间。

"什么房间都可以。"少女道。她的声音有些慵懒，应该很适合唱 R&B（节奏蓝调）风格的音乐。

"非常抱歉，今天实在是没有空房间了。"中年服务员一脸歉意地对着少女鞠了一躬，接着又将目光转向了我。

"请问您有什么需要吗？"

"我想要几张两千日元的纸币，可以帮我换一下吗？五张就可以了。"

"是一万日元吗？请稍等一下。"

酒店服务员说着，就向后面的房间走去。

少女甚至都没有朝我看一眼，就直接转身向大门走去。可不能在这里跟丢她！于是，我也赶忙离开了柜台。就在这时，身后传来一个声音："啊，先生……"

"谢谢，不用了。"

留下一脸茫然的服务员，我也连忙走出了酒店。

少女正准备穿过酒店的花园，前方是一条小路。我怕引起怀疑，所以远远地跟着她。她似乎没有注意到我。

小路的尽头就是酒店出口，马路对面是另一家酒店。我已经猜到她接下来要做什么了。

果不其然，她走进了旁边的那家酒店。前台就在一楼，由于这里很受商务人士的喜爱，所以即使到了半夜，依旧时常有人进出。我找了一个可以看到前台的地方，默默地盯着她。

她和酒店服务员说了几句话后就转身离开了。从她闷闷不乐的模样，不难推测出刚才的对话内容。

随后，她走进了一间公用电话间。原来如此——我立刻想明白了她的用意，也朝那边走去。

她正忙着翻阅电话簿，其实不用看也知道她翻找的是哪些页面。

"这么晚了，你又这身打扮，我想应该没有哪家酒店愿意接受你的。"

听到我的声音后，她明显吓了一大跳，然后一脸惊讶地看向我。

"一个没有预约的年轻女孩独自来酒店办理入住，对方肯定会警惕的。你这单生意也不能给他们带来多少收入，他们何苦让自己惹上不必要的麻烦呢？"

大概是觉得自己遇到了别有用心的可怕男人，她匆匆合上电话簿，准备离开。

"你是在找今晚住的地方吧？葛城小姐。"

听到这句话，她猛地停下脚步，像发条娃娃似的缓缓转向我，就连脖子似乎都在吱吱作响。

"你是谁？"

我从口袋里掏出一张名片。她的目光在名片上的字和我的脸之间来回扫了几遍。

"'网络计划'……"

"我们公司的业务范围很广，从广告、制作到中介，为企业提供一站式的服务。葛城先生的公司是我们公司的最大客户。好了，以上就是我的自我介绍了，接下来就请你介绍一下自己吧。"

"我没有这个义务。"她用指尖轻轻一弹，手中的名片就飘落到了地板上。

"但我有义务知道你是谁，"我弯腰捡起名片，"我可不能放任潜入我大客户家的小偷就这么离开。"

她睁大了她那双美丽的丹凤眼，浑身散发着一种倔强的气息，但看上去也更加美丽动人了。

我看着她的眼睛继续说道："难道说……你不是偷偷溜进去偷东西，而是偷偷从家里溜出来的？不管是哪种情况，我都不能坐视不管，还是联系一下葛城先生为好。"说着，我就从口袋里掏出了手机。

"不要！"

"那就请做个自我介绍吧。"我笑着说道，"只要了解清楚情况，我自然就不会为难你了，说不定还能给你安排个地方过夜。"

少女的脸上浮现出犹豫的神色——不，或许应该说是盘算的神色。她大概在猜我到底是谁，是否值得信任，以及是否值得利用。

片刻后，少女伸出了右手。

"那张名片再给我一下。"

"请。"

接过之后，她又伸出了左手。

"驾照！"

"驾照？"

"不然我怎么能确定这张名片是属于你的呢？"

"哦哦，原来如此。"

　　仔细一看，少女比我一开始猜测的还要年轻一些，大概还在上高中吧，不过性格倒是格外地沉稳谨慎。我从钱包里拿出驾照。她用公用电话旁的记事本和圆珠笔记下了我的地址。

"真够谨慎的啊。"我将她递过来的驾照收了起来。

"爸爸常说，名字一定要到最后关头才能告诉别人。"

"爸爸？"

"葛城胜俊。"

"哦哦，"我点点头，"你爸爸说得对。不过话说回来，日星汽车副社长的千金半夜翻墙逃跑，这到底是怎么一回事呢？"

"跟你有关系吗？"

"确实跟我没什么关系。不过，既然我在这里碰见你了，要是你遇到什么意外，我自然也需要负责。这可是关系到公司生死存亡的大事啊！"

"跟我有什么关系！"

　　见她准备转身离开，我再次拿出了手机。

"还是打个电话吧，我这就打。"

她转过身，脸上露出厌恶的表情。

"我说了，这事用不着你管。这是副社长千金的命令。"

"很遗憾，对我来说，副社长可比副社长的千金更重要。"我假装按下手机上的数字键。

"不要！"她冲上来就要抢走手机。我躲开了。

就在这时，一个看起来像是上班族的中年男人从我们身边路过，向我们投来了狐疑的目光。

"你也不想被人注意到吧，不如换个地方谈谈？"

她又陷入了沉思——或者应该说，又开始盘算了。过了一会儿，她终于点了点头。

酒店旁边就有一家咖啡馆，说是咖啡馆，其实更像是一间自助餐厅，顾客必须自己将饮料端到座位上。我们走进去后，在面朝马路的吧台座位上并排坐下。

关于如何利用眼前的少女，我现在已经有了两个初步的计划。一个计划是想办法在天亮之前将她送回葛城家。如此一来，葛城胜俊就欠了我一个很大的人情。对于帮忙将宝贝女儿送回来的恩人，他又怎么好意思再加以为难呢？

另一个计划就是跟她好好聊聊。她会半夜从家中逃跑，就意味着她身上一定藏着什么秘密。她的秘密就是葛城家的秘密。如此一来，这个秘密也必然会成为我日后与葛城胜俊对决时的有力武器。

"你跟踪我多久了？"她喝了一口咖啡后问道。

"从你家门前开始，因为我看到你翻墙出来了。"

"你为什么会出现在我家门前？"

"没什么特别的理由。因为工作关系，我今晚正好在这附近，就想趁这个机会去看看极负盛名的葛城家。"

"我还以为当时街上没人。"

"我离得有些远，我怕离得太近会被监控摄像头拍到。"

"所以，从那以后你就一直跟着我了？为什么？你想做什么？"

"怎么感觉像是你在审讯我？"我苦笑着喝了一口咖啡，"正如我刚才所说，葛城先生是我们公司的重要客户。看到有人从客户家翻墙而出，我当然要帮忙调查一下呀。"

"你为什么不马上叫住我？"

"你希望我马上叫住你？"

听我这么一问，她没再说话了。我又喝了一口咖啡。

"因为你看起来很不寻常，所以我就打算先看看情况再说，只不过我没想到居然会一路跟到这里。"

"你可真爱多管闲事。"

"这也算是我的一种职业习惯吧。好了，该我问你了。首先，请告诉我你的名字。"

"我刚才不是说过吗？"

"你只说自己是副社长的女儿。能告诉我你的名字吗？不然我该怎么称呼你呢？"

她透过玻璃窗望向外面的马路，好一会儿才低声答道："树理。"

"嗯？"

"树理。树木的'树'，理科的'理'。"

"好的，树理小姐。葛城树理。不愧是富家千金，光听名字就感觉和普通老百姓家的女孩完全不一样。"

"什么意思？"

"我这是在夸你呢。那么，到底是什么事情逼得葛城树理小姐不得不半夜翻墙出来呢？"

听到我的问题后，她叹了口气，美丽的肩膀也随着微微起伏。

"一定要说吗？"

"不说也没关系。"我说着就将手伸进口袋，拿出了手机。

"知道了知道了，不说就要打电话给我爸爸，是吧？"

"这是成年人的义务。所以你的决定呢？"

"让我考虑一下。"树理双手托腮地支在桌面上说道。与其他少女不同，她的皮肤十分白皙，且如瓷器般光滑，找不出一丁点瑕疵。除了因为年轻，想必在保养上也费了不少功夫吧。

就在我欣赏她美丽的侧脸时，她突然转头看向我，吓得我不禁往后缩了一下。

"我可以再要一杯咖啡吗？"

"当然可以。"

我收拾好空杯子后，又过去买了两杯咖啡，一杯给她，一杯给我自己。回来时，我看到树理已经取出一支卡斯特 ① 抽了起来。

"这么小就抽烟可不太好。"

---

① 日本香烟品牌，主打清淡型口味，是全球闻名的轻柔型香烟品牌。——译者注

"虽然我也这么觉得，不过，你这句话的意思是，长大后就能抽烟了？"

"反正我不抽烟。"

"为了健康？"

"这只是其中一个原因，更重要的是我觉得抽烟浪费时间。你想想，假设抽一支烟需要三分钟，那么以一天二十四小时来算，我花在抽烟上的时间就会长达一个小时。当然，也有人会说自己可以边抽烟边工作，但我觉得那都是胡说八道。而且，想抽烟就必须先腾出一只手来，对吧？我不相信能有哪项工作是一只手比两只手做更有效率的。"

树理对着我吐了口烟。

"你抱着这种思想，活着有什么乐趣啊？"

"这和乐趣无关，单纯只是因为我讨厌浪费而已。好了，你得出结论了吗？"

树理小心翼翼地在烟灰缸里掐灭烟头，开始喝第二杯咖啡。

"简单来说，我离家出走了。"

"离家出走？"

"是的。我不想再待在那个家里了，所以逃出来了啊。但又不能被我父母发现，所以就只能翻墙了。"

"我不信。"

"为什么？"

"哪有人离家出走就带这点东西的？"她唯一的行李就是一个小手提包。

"信不信由你，但请不要妨碍我。"她从烟盒里拿出第二支香烟。

我叹了口气，环顾四周。我可不想被人误认为在诱拐少女，但又很想从她那里多听点消息。

"好吧，就当你是离家出走了吧，但这并不代表我可以放任你离开葛城家。先让我听听你的理由吧，如果真是情有可原，那我今晚就睁一只眼闭一只眼好了。"

树理又对着我吐了口烟。

"我离家出走为什么要经过你的同意？"

"反正现在就是这个情况。你离家出走时被我逮到，只能说你的运气很不好。好了，请告诉我原因吧。"我说完，伸出右手，做了一个"请"的动作。

她依旧夹着香烟，用牙齿咬着另一只手的拇指指甲。她的指甲和牙齿都保养得很好，看起来令人赏心悦目。

她把手指从嘴里拿出来后，斜眼看着我。

"佐久间先生，对吧？"

"很高兴你还记得。"我装模作样地答道。

"你能保证不把我说的话告诉其他人吗？"

"我很想答应你，不过还是要取决于内容。"

"哦……"她转过头，眼睛直直地盯着我。

"我还以为你会答应我，没想到你倒还挺老实呢。"

"这种答应没有意义。"

答应她很容易，但她并不是那种只要我答应了就会说真话的女孩。

"也就是说，你不能保证自己会信守承诺？"

"虽然你说得没错，但准确来说，我的态度取决于我告诉别人后能得到什么利益。如果我得不到什么特别的利益，我也不愿意被人视为多嘴多舌的男人。更何况对方还是我重要客户的千金。"

树理微微歪了歪嘴角，不知道是不是被我的话惹得有些不快。

她继续抽着烟，我也没有说话，只是静静地看着灰色烟雾不断地从她口中吐出。

"其实我……"树理终于开了口，"不是葛城家真正的女儿。"

"啊？"听到这里，我不由得看向她的侧脸，因为我实在是太惊讶了。

"真的吗？"

"好像也不能这么说，准确来说应该是……不是婚生的女儿。"

"不管怎么说，我都很惊讶，如果你说的是事实……"

"不信就算了，我也不会再多说了。"

"不是的，不是的。"我连忙安慰她，"这么大的事，我会惊讶也很正常，对吧？我不打断你了，你继续说吧。"

树理轻轻地哼了一声，大概是看不起我这种爱听八卦的样子吧。算了，现在不是计较这些的时候，随她怎么看吧。

"你知道我爸爸再婚的事吗？"

"听说过，不过你爸爸应该是在二十多年前再婚的吧。"

"正好二十年前，他和前妻协议离婚，和现在的妻子生了一个女儿。"

"那个女孩应该不是你吧？"

否则她怎么会称呼自己的母亲为"现在的妻子"呢？但她又把上一任葛城夫人称为"前妻"，也就表示她也不是那位"前妻"的孩子。

"我是他前任情人的女儿。"

她语气平淡，以至于我一时不知该怎么回答才好，只是微微张着嘴，眨了眨眼。

"也许叫她'前任情人'不太恰当，因为很可能是前前任，甚至前前前任。反正他的情人多得很。"她嘴角微扬。显然，那个"他"就是她的父亲。

"所以，你母亲是葛城先生初婚期间的情人吗？"

"嗯，是的。据说这也是导致他离婚的一个原因。他的前妻出自名门望族，所以哪怕面对的是富甲天下的葛城家，也一样说离婚就离婚，绝不拖泥带水。"

听树理这么一说，我忍不住笑了。原来葛城胜俊在私生活方面居然这么失败啊，这可太好笑了。

"那么，你作为情人的女儿，怎么会出现在葛城家呢？"

"很简单，因为我妈妈死了，听说是得了白血病。她很漂亮，这就是人们常说的'红颜薄命'吧。"树理一脸平静，看不出丝毫悲伤。

"你还记得你妈妈吗？"

"只剩下一点点模糊的印象了。"她摇了摇头，"其实我也不确定，或许其实已经完全不记得了，只是在某个时候看到过一张照片，便误认为是我的记忆了。"

这番冷静的分析令我佩服。

"你是什么时候被葛城家接过去的？"

"八岁的时候。我妈妈是在我三岁的时候去世的，后来我就一直跟着我外婆生活。"

八岁的孩子，已经形成独立的人格了。不难想象，她被葛城家接过去时是什么样的心情。想到这里，我不禁对面前的少女生出了几分同情。

"不过，为什么葛城先生在你八岁前不来接你呢？"

"唔……应该是为了照顾新夫人的感受吧，更何况当时他又生了个女儿。"

"那他后来怎么又决定接你过去了呢？"

"外婆病倒了，我总得有个人抚养吧？爸爸一直都知道我的存在，要是我被哪个人收养，说不定还会惹出一堆麻烦事。所以他就想着干脆把我带回家好了，毕竟也是亲生女儿嘛。"

树理在烟灰缸里掐灭了烟头。

"从那以后，你就一直住在葛城家了？"

"表面上是的。"

"只是表面上？"

"嗯，想想也能理解啊。虽然我当时只有八岁，但对那位新夫人和她的女儿来说，家里突然来了个其他人的孩子，无论如何都不会高兴的。我爸爸也知道这一点，所以把我送进了一所寄宿学校，而且还是一所仙台的学校。"

"你从小学就开始寄宿了？"

"从小学到高中都寄宿，只有放长假的时候才会回家。不过其实我也根本不想回家，恨不得天天都留在学校里。但学校规定如果没有特殊情况就必须回家，所以我特别讨厌暑假、寒假和春假^①，要是没有这些假期该多好啊！别的孩子都盼着假期快点到来，等到假期结束就开始长吁短叹，而我恰恰相反，我巴不得八月快点结束。"

树理的目光正透过玻璃窗投向外面的马路，脸上写满了孤独与落寞。也许她整个童年都过得很不开心吧。

"你现在是大学生吗？"

"嗯，大二。"

我原本还想问她在哪所大学上学，但最终还是忍住了，因为这并不是什么要紧的事，而且我还有其他更重要的问题要问。

"所以你回东京了？"

"其实我本来是想留在仙台的，就算不是仙台，至少也要选一所不在东京的大学。但是我爸爸要求我必须回东京，我就只能乖乖地回来了，毕竟他养了我这么多年。"

"是葛城先生让你回来的？"

"嗯，其实我大概知道他的想法。"

"什么意思？"

"简单来说，他已经在考虑将来的事情了。他想尽快把我嫁出去，所以要让我待在身边。"

"明白了。"

虽然听起来有些匪夷所思，但我能理解。

---

① 日本的学校一年放三次长假。——译者注

"你不想再过这种生活了，所以选择半夜翻墙离家出走？"

"你能懂吗？"

"我听懂了。但你怎么会这么讨厌那个家呢？你和家里的其他人关系不好吗？"

"倒也不能说有多不好。"她说着，又将手伸进了烟盒里。不过刚刚那支烟似乎是她的最后一支烟了，她将空盒子一把揉烂。

"我又不是灰姑娘，还不至于被他们明目张胆地排挤，但也受够了冷眼。对他们来说，我终究是个外人。无论一起生活多少年，我都融不进那个家，他们也不会愿意接纳我的。要是没有我，那就是个完美的家庭了。只要我在家里，所有人都会化身为家庭剧里的演员，说每句话、做每件事都像戴着面具似的，我真的快要窒息了。"

说完，她看着我问道："你能明白吗？"

"我大概明白了。"我答道，"那你呢？你对葛城家的人应该也没什么好感吧，比如你的新妈妈。"

"好尖锐的问题。"她叹了口气。

"你觉得我会喜欢他们？喜欢那些一直无视我，虽然脸上带着微笑，但也只是戴着微笑面具的人？"

说得真好！我暗暗佩服道。

"那……那个女孩呢？嗯，就是你同父异母的姐妹。"

"她啊……"树理紧闭双唇，微微歪着脑袋，似乎正在思考该怎么描述才好。

过了一会儿，只听她一脸淡然地说了一句："无比讨厌。"

Chapter 3

第三章

"你给我爸爸打个匿名电话，告诉他如果想让女儿平安回家，就得准备一千万日元的赎金。"

我弯下腰，从下往上盯着她的脸。

"你不会是认真的吧？"

"总之我肯定不会再回去了，所以我需要钱。为了钱，我什么都可以做。"

带着树理到茅场町波拉酒店办理入住时，时间已过夜里十二点。我的朋友来东京时，一般都住这家商务酒店，所以前台的服务员都愿意给我几分薄面。进门后，我让树理先待在楼梯的阴影里等着，然后自己一个人到前台办好了入住手续。

　　"虽然我并不支持你离家出走，但既然你这么信任我，又跟我说了那么多事情，那这就算我对你的特殊照顾吧。"

　　进入房间后，我把房门钥匙放在小桌子上。房间很简陋，只有一张小型单人床、一台电视、一张书桌和一台冰箱。

　　"我订了两晚，后天中午退房。"我说完后看了看钟，又改口道，"准确来说应该是明天，因为现在已经过了十二点。"

　　"为什么是两晚？"

　　"先这样吧。好好睡一觉，你想什么时候回家都可以，只不过要记得给我打个电话。"

　　"也就是说，如果我不回家，就必须待在这里？"

　　"很晚了，先睡吧。明天我们再聊聊。"

　　我说完就朝门口走去，没走几步又停下脚步，回头问道："对了，你带钱了吧？"

只见她突然移开了目光，睫毛也随之颤动了一下。

"没带钱还想住酒店？"

"我有卡。"

"哦，亲属卡是吧？"我从钱包里掏出两张一万日元的钞票。

"先放在这里，以备不时之需。"

"用不上。"

"行了，就听我的吧。"我把钞票放在电视机上面，用遥控器压好。

"明天见，希望你能想通。我可提醒你哟，一旦你父亲通知银行，你的亲属卡就会被停掉，你身上又没带钱，以后打算怎么办？"

没等树理回答，我便径直走到了门口，正准备开门，身后便传来她的声音。

"要是带点钱出来就好了。"

她的话让我不由得再次回头。

"什么？"

"要是带点钱出来就不愁了。就算不是钱，拿些有价值的东西也好啊，比如钻石之类的东西，至少够让我生活一阵子。"

"这说明你只是一时冲动罢了，也许明天就会改变主意了，反正我暂时不会告诉葛城先生。"

"我不会回去的。"

"嗯，你慢慢考虑吧。"

"那个家的财产，我也有权利继承一部分吧？"

我被这突如其来的问题吓了一跳。我耸了耸肩，说道："应该有吧。但为了这个，你就必须继续做那个家的女儿。"

"你的意思是我不能离开那个家？"

"唔……不过现在想这些也没意义。继承财产这种事，怎么也要等到葛城先生百年之后再说吧。还有几十年呢。"

"我听说也可以在他死前继承财产。"

"你说的是生前赠予吧。也不是不行，但这得葛城先生自己决定，你去提要求似乎不太妥当啊。不过不管怎么样，前提条件都是你得先回家。"

显然，她是在知道自己身无分文的情况下，才终于意识到曾经拥有的东西是多么宝贵。就算离家出走，都不忘惦记家里的财产，真不愧是葛城胜俊的女儿。

我拉开门后对她说道："好了，晚安。"

"等一下。"

刚打开一条门缝，身后再次传来她的声音，我扭头问她："又怎么了？"

"能拜托你一件事吗？"她微微低头，语气中带着一丝恳求。我倒还是第一次见她如此神情。

"那得看具体情况了。"

"不是什么难事，就是想让你给我家里打个电话，说你现在和我在一起。"

"就这个？"

"然后，帮我要点钱来。我不打算再回那个家了，所以我需要一大笔钱来让自己活下去。"

我又关上了门。这话要是让人听见可就麻烦了。我看着树理，确定她不是在开玩笑后，摊了摊手。

"你是认真的，还是只是在跟我开玩笑？"

"如果是我打电话，他们一定会逼我回家的。"

"我打电话不也一样吗？他们肯定会说'打这种没用的电话，还不如快点把我女儿带回来'。我跟你说过，葛城先生是我的重要客户。带你住在这里，本身就已经是对重要客户的背叛了。"

"你就说我不想回家，不就行了？"

"怎么可能嘛。弄不好，你爸爸还会报警说我绑架你。"

"那我们干脆就做成绑架案吧！"

"啊？"

"你给我爸爸打个匿名电话，告诉他如果想让女儿平安回家，就得准备一千万日元的赎金。"

我弯下腰，从下往上盯着她的脸。

"你不会是认真的吧？"

"总之我肯定不会再回去了，所以我需要钱。为了钱，我什么都可以做。"

"我明白了。"我微微举起双手，点头道。

"你应该去洗个凉水澡，你现在就是头脑严重发热。"

树理似乎还想说些什么，但我没有理会，径直走出了房间。

从酒店步行十分钟即可回到我的公寓。走在夜晚的街道上，我回想着方才与树理的谈话。虽然从傍晚开始就一直在喝酒，但此刻我毫无醉意，大概是被她的话惊到了吧。

我怎么也没想到，葛城胜俊的家庭居然如此复杂。虽然目前我还没想好该如何利用这件事，但了解一下总归没有坏处。或许在未来的某一天，它就会变成我手里的一张王牌也说不定。几个小时前的沮丧，此刻早就烟消云散了。

第二天，我一到公司就被小塚叫了过去。走进社长办公室时，小塚正和杉本智也说着话。杉本主要负责音乐会等音乐行业相关的工作。他比我小一岁，但十分能干。我想起来了，他就是来顶替我的日星汽车项目的新负责人。

"我正在和杉本说昨天的事。"小塚对我说道。

杉本似乎有些不愿意与我对视，一直盯着社长的办公桌看。

"是关于工作交接的事吗？"

"哦，倒是没必要交接，反正也要从头开始，否则对方肯定不会满意。"

对方……指的应该就是葛城胜俊了。

"你和大家说过'汽车公园'项目受挫的事了吗？"

"还没，正打算说呢。"

"是嘛。"小塚若有所思地随口应道。

"怎么了吗？"

"嗯……其实后来我考虑了很久，我觉得重新组建团队肯定不是一件容易的事，但可以换掉一部分人员。要换掉整个项目组实在是太难了。"

我终于听懂他话里的意思了。

"项目组成员维持原样，只换掉负责人。"

"嗯，是这个意思。考虑到时间紧迫，日星也同意了这个方案。"

安排得很周密啊——我暗道，不过我也只是默默点了点头。

"另外，我今天下午要和日星开会，希望你能一起参加。"

"我？为什么？"我挤出一个笑容，"对他们来说，我已经毫无用处了吧。"

"别意气用事。对方也需要做一个正式说明，等介绍完杉本，你就可以走了。"

新总监的就任仪式，前任总监也必须出席？长这么大，我还没受过这种羞辱。

就在这时，树理的脸突然浮现在我脑海中，于是我想到了一个主意。

"反正葛城先生也不会来。"

"不，他应该也会出席。"

"是吗？"我歪着头，"不过我觉得他来不了。"

"为什么会这么觉得？我刚刚确认过，对方已经明确表示葛城副社长也会出席。"

"刚刚？"

"是啊。怎么了？"

"没什么……"

女儿都离家出走了，他还有心思出席一个无关紧要的会议？难道，葛城胜俊还不知道树理不见了？不可能吧。只要家里有人发现树理不见了，肯定会第一时间通知她的父亲啊。

"好，我会准时参加的。我一定会好好拜会一下葛城先生。"

"别给我惹麻烦，你只要安安静静地坐着就行。"小塚指着我的胸口警告道。

日星汽车的东京总部位于新宿。办完登记手续后，我们被带进一间会议室，对方早已在里面等候了。

胖胖的宣传部长告诉我们，他们公司希望对整个计划进行重新修订。比起我昨天从小塚口中听到的原话，虽然语气要温和一些，但主旨依旧是贬低我的创意。

葛城胜俊没有出席会议，说是要晚点到，但我觉得他不会来了。他怎么可能来呢？估计现在正忙着报警找人呢。

宣传部长的话题随后转向了今后的主要工作内容。概念、需求、IT——这些有点行业经验的广告从业者都耻于使用的词，一个接着一个地从他口中冒了出来。我越发觉得无聊了。正好关于杉本的介绍也已经结束了，那就一会儿找个合适的时机先离开吧。

就在我已经记不清忍了几次哈欠的时候，会议室的大门被直接推开了。一位穿着深色西装、肩膀壮硕的男人走了进来。宣传部长连忙中止了话题。

男人用锐利的目光扫视全场后，径直朝最高领导的座位走去。

那一定就是葛城胜俊了。

"怎么不继续说了？"男人一脸不满地看着宣传部长。

部长连忙准备继续说下去，但又好像忘了自己刚刚说到哪里了，看起来颇有些狼狈，足以见得他有多惧怕那位副社长了。

"那就是葛城先生吗？"我低声问身旁的小塚。小塚轻轻点头回应。

宣传部长终于平静下来，又开始了枯燥无味的说明。不过我根本没打算听，只是用眼角的余光不停地打量那位丝毫不认同我实力的副社长的脸。葛城胜俊似乎也对宣传部长的话不太感兴趣，不知道是因为单纯对内容不感兴趣，还是因为其他原因——女儿失踪了。

宣传部长说完，下一位日星汽车的员工正准备站起来，葛城突然举起手说了一句："请稍等。"所有人的目光都齐刷刷地看过去后，他坐着继续说道："我知道，这次计划的变更让大家很为难。不过，我希望各位能明白一点，我们要做的并不是什么祭典活动，而是需要创新。不能单纯依靠运气，我们要做的，应该是一场名为商业的游戏。为此，我们需要缜密的计划和大胆的行动。既然是游戏，就必须赢。我不希望有任何人低估这场游戏。这个世界上多的是不得不赌上身家性命的游戏，这场游戏的重要程度也丝毫不亚于那些游戏。对于游戏，我还是颇有些信心的。所以我决定重新修订这个游戏计划——我要说的就是这些。"

这话的意思不就是："你们都是这场游戏中的棋子，只要乖乖听从命令就可以。"

事实上，或许这就是他要表达的真正意思。他的声音虽然平稳温和，但足以震撼整个会议室。所有人的姿势似乎都比几分钟前僵硬了几分。

结果，我一直坐到会议结束。在此期间，我始终偷偷观察着葛城胜俊，并没有发现他有任何心不在焉的迹象。哪怕是在听自己的部下或者小塚说话的时候，他也只是看上去一副兴趣寥寥的模样，眼中锐利的光芒并无丝毫减弱。果然是个厉害的角色——我暗道。

屈辱感和斗志在我的内心翻腾，就像被搅拌机搅拌过后全部混杂在一起。游戏吗？好啊，那就陪你玩玩好了。虽然他自诩是个游戏高手，但说到游戏，我也未必就不如他。既然如此，不妨就比试比试，看看究竟谁才是最后的赢家吧。还未开局，怎么就能判定对方已经输了呢？葛城胜俊，跟我一决胜负吧——我在心里不停地呐喊着。不过，他似乎没有注意到我的变化。

散会后，小塚跑到葛城面前打了个招呼，并试图对我做个介绍。而葛城却连个正眼都不给我，只是有些疲倦地挥了挥手，随后就转过身去，背对着我说道："多余的事就免了吧。和不相干的人见面也没什么意义。"说完，他就快步离开了。

我和小塚不知该怎么回答，只能目送这位大企业的副社长离去。我能感受到周围的人都向我投来了怜悯的目光。

我咬紧了后槽牙才勉强忍下这份屈辱，小塚见状拍了拍我的肩膀。

那天晚上，我约了一位叫真木的女孩到赤坂的一家意大利餐厅共进晚餐。真木是个刚出道的模特。不过据我所知，她似乎还没接到过几份正式的模特工作，大都是礼仪小姐或是接待人员的工作，而且每周都会去俱乐部打几天工以维持生计。迄今为止，我从未主动联系过她，每次都是她给我打来电话。不过我还不至于愚蠢到觉得她爱上了我，想必只是因为我是她最重要的联系人之一吧。

不过今晚是我主动给她打的电话。回家之前，我一定得找点能让自己开心的事情做。吃完饭后，我先约她去哪里喝一杯，然后借着酒劲聊点更深入的话题。虽然发生肉体关系多少会带来一些麻烦，但至少比自己郁闷着过一整夜要好。

服务员把鱼端上来的时候，第一瓶白葡萄酒已经喝完了。我又点了一瓶同样的酒。至于红葡萄酒嘛，就等肉菜上来的时候再点好了。

"你怎么喝得这么快？"真木一边说着，一边略有些笨拙地吃着。她在节食，所以有意识地增加了咀嚼的次数。这副模样让我不免有些恼火，不过也只能隐忍着。

"大概是因为兴奋吧，而且我一紧张就会觉得口渴。"说着，我又喝了一口酒。

"为什么会兴奋呢？"

"当然是因为你愿意和我见面啊。突然找你，我还担心你会拒绝我呢。"

"你的嘴可真甜。"她装出一副一笑置之的样子，但从她眼底的笑容不难得知，这句话还是很让她受用的。

"像我这么直截了当地说出口，你肯定会觉得我油嘴滑舌吧。赞美日本女性可真难呢。但我现在真的很紧张，就连我自己都觉得有些不可思议。"

"是吗？"她歪着头。

"首先，我已经很久没有单独和女生一起吃饭了。其次，今天还是我第一次主动联系你，所以总归还是有点担心的嘛。"

"还真是呢。所以你今天是怎么了？只是因为一时兴起而已？"

"确实是有些仓促了。其实我一直都想约你出来，只是不敢给你打电话。今晚也不知怎么了，突然就有勇气了。"

谎言这东西啊，可真好用。

"工作遇到什么麻烦了吗？"真木看着我的脸问道。

"没有啊。"我举起酒杯。我不打算对她说太多，对她也从来没有过这方面的期待。

享受美食和美酒的同时，我找了些在我看来真木会感兴趣的话题，讲了点有意思的故事，并在其间穿插着说了几个小笑话。当然，我很清楚年轻女孩肯定不会满足于只做一个听众，所以还要抽出点时间来听她说话。她的故事很幼稚，既没有笑点，也没什么逻辑，听得我实在想打瞌睡。我强忍着哈欠，努力附和着她的话，就像听到了无比有意思的故事似的。她肯定会觉得今晚自己口才很好吧。

男女之间的关系又何尝不是一场游戏呢？若是对手与自己实力悬殊，游戏也就失去了乐趣。从这个方面来看，我今晚的对手实在是太弱了。看着真木一脸期待的脸庞，我开始怀疑自己今晚是不是约错了对象。如果是那位职业女性，肯定会从一开始就对这种突然的邀请保持警惕，而我自然就需要花费许多精力来消除她的警惕。吃饭时谈论的话题定然也不会太肤浅。不过，和女人约会的时候，集中注意力可不是什么坏事。

简单来说，我想要的不仅是女人的肉体，我更多的是在追求那种极具刺激性的游戏感觉。性爱，只是对我胜利的褒奖。

不只是恋爱，其他所有事情也都一样。我把一切事情都视为游戏，并在挑战中寻找快乐。体育运动自是如此，学习也是一样，成绩的高低等同于比赛的胜负。大学的入学考试就是一个很好的例子。

如果能在这里取得绝对高分，就能够赢得人生这场终极比赛的胜利。参加入学考试时，我就是怀着这个信念，成功考入了理想的大学。工作也是如此，我拼尽全力进入了理想的公司。并且，我一直认为这一切都得益于我对自己所做的完美计划。

在迄今为止的人生中，我几乎没有输过一场游戏。所以，工作也是一场游戏这样的话，根本用不着葛城胜俊来告诉我。此次日星汽车的合作项目也是如此。我当时相信，现在也依然坚信，"汽车公园"计划一定会大获成功。

他说他对游戏颇有些信心？

那就比试一番吧，看看到底谁才是真正的游戏高手。不过，我该怎么做才好呢？对方已经剥夺了我参与游戏的机会。而且，我也无法向他发起挑战。

"怎么了？"真木一脸疑惑地看着我。我想得太入神了，根本没听见她在说什么。

"哦，没什么。可能有点喝多了吧。"我笑着舀了一勺果子露冰激凌送进嘴里。

走出餐厅后，我问她要不要换个地方再喝几杯。真木毫不犹豫地答应了。我伸手拦下一辆出租车。

"不过我倒是松了一口气，你看起来似乎心情还不错。"出租车发动后，真木开口道。

"这是什么意思？"

"嗯，因为……"大概是在组织语言，她沉默了一会儿才再次开口，"我担心你会抑郁。就算没有抑郁那么严重，至少也会有点郁闷……"

"怎么突然这么说？为什么我就非要抑郁或者郁闷了？"

她有些尴尬地抬眼看着我。

"我今天下午和小淳通了电话。你认识吧？上野淳子。"

"当然认识。"

上野淳子是我的同事，我和真木就是通过她认识的。听说她们两个从高中时期起就是好友了。

"她说什么了？"

"嗯，我们正好聊到你了，她说你现在应该很郁闷。"

"郁闷？"

"她说，你本来负责着一个重要项目，却突然被换掉了……"

"她是这么说的？"

"是啊。"

我叹了口气。看样子，现在全公司的人都知道佐久间骏介被日星汽车换掉的事情了，还不知道私底下会怎么议论呢。说不定还有人幸灾乐祸呢。之前因为工作的事，我也没少骂过甚至换过下属。

"小淳说，把你换掉的人真是蠢到家了。像你这种做任何事都这么周到、追求完美的人，哪里还能找出第二个？"

"谢谢她对我的认可。"

其实，听到从上野淳子嘴里说出这样的话，我是一点也高兴不起来的，反而还生出了一种被人同情的屈辱感。

"我没骗你，她说除了犯罪，根本没什么办法可以打败你。"

"嗯……"

听到这里，我心头一动，总觉得自己好像忘了什么东西。随着这个念头逐渐清晰，一个想法也慢慢浮现出来。

"对不起，请停一下。"我对司机说道，"我先下车。"

旁边的真木瞪大了眼睛。"怎么突然要下车？"

"不好意思，我刚想起来我还有点急事，改日再好好向你赔罪。"

我从钱包里掏出两张一万日元的钞票硬塞给她，然后下了车。车子重新发动，真木茫然地看着我。

我又拦下了一辆出租车，一上车就告诉司机："去茅场町。"

在茅场町波拉酒店前下车后，我从正门走了进去。这一次我没有去前台，而是径直朝电梯走去。

敲门后，里面没有回应，于是我又敲了一下。依旧没有回应。就在我以为树理已经不告而别的时候，门开了，窄窄的门缝中露出了她的脸。

"哎！"

"你一个人吧？"

"是啊。"

她点点头，关上门，打开门链，然后再次打开门。

进门一看，电视开着，正在播放一档介绍最新流行歌曲的节目。树理应该一直躺在床上看电视，吃了一半的零食还散落在床上。床头柜上放着一个烟灰缸和一瓶果汁。

"吃过饭了吗？"

"刚刚去了一家家庭餐厅。"

"那你吃了什么？"

"干吗问这个？"

"担心你的身体啊，你得吃点有营养的东西。"

"哦。"她一边看着我，一边坐回床上。

"你是担心把大客户的女儿送回家时，人家发现自己的女儿又瘦又虚弱吧。"

还是一样伶牙俐齿，让人恨得牙痒痒，真想挫挫她的锐气啊！

我拉出一把椅子坐了下来，接着抓起遥控器关掉电视。

"怎么样？准备回家了吗？"

"不是告诉过你我不会再回去了吗，怎么这么啰唆？"

"我只是确认一下而已，因为有很重要的事要跟你讨论。"

"很重要的事？"她皱着眉，"什么意思？"

"这件事我一会儿再跟你细说。还有一件事需要确认，就是你昨晚让我帮你要点钱，还说是自己应得的财产。那是认真的吗？"

"开什么玩笑，你当我是小孩子吗？我总不会为了考验父母对我有多爱而离家出走吧？"

"所以，你是认真的？"我盯着她问道。

"认真的！你到底要我说几遍？"她愤怒地说道。

"那就好。"

我坐在椅子上，打开旁边的冰箱，拿出一罐百威啤酒，拉开拉环。猛地喷出的泡沫沾湿了我的手指。

我喝了一口后放在桌上，然后重新看着树理。她有些狐疑地看着我，目光中似乎还带着几分怒气。

是时候做出决定了，不知道她听完我的提议，会有什么反应。

如果拒绝，那么游戏也就结束了。她还会告诉她的父亲，佐久间骏介是个变态。这样一来，她的父亲自然就会让小塚立刻开除我。小塚不敢违抗葛城胜俊的指令。所以，我会被逐出公司。

不过，照现在这个情况看来，就算我继续赖在这家公司，前途也是一片灰暗。既然如此，干脆就赌一把好了。

我突然想起了小时候玩的游戏机。在入侵者游戏的风头过后，许多新游戏如雨后春笋般出现在市场上。每次一有新游戏问世，我就会去游戏厅里玩个够。我一直觉得那些游戏的彩色画面，简直就像是游戏机对我发出的挑战。

投入硬币——又到了这个熟悉的时刻。

"想玩个游戏吗？"我终于说出口了。

"游戏？"树理一脸疑惑。

"一个可以实现你愿望的游戏。你可以从葛城家获得应得的财产，同时我也能得到一些报酬。"

"你想干什么？"

"你怎么会这么问？这不是你先提出来的要求吗？"我再次拿起那罐啤酒喝了一大口，然后看着她，继续说道，"一个绑架游戏。"

第四章

"当然。不过我想再次确认一下，你真想这么做吗？"

"不然我为什么要来这里？"

"请给我一个明确的答案，你到底要不要玩绑架游戏？如果你还没下定决心，也请明确告诉我。我会等你考虑清楚再决定。"

走进房间后，树理在脱鞋前用力嗅了嗅。

"有怪味吗？"我问道。

"没有，我本以为男人的房间都很臭，但你这里倒是挺香的，好像还有股薄荷味。"

"是空气清新剂的味道吧？我也不希望房间里有臭味，哪怕是我自己的味道。"

我住的是一套一室一厅一厨结构的公寓。树理在客厅的双人沙发上坐下后，环顾了一圈房间，然后满意地说道："没想到啊，你的房间居然这么干净。"

"我每周都会打扫一次。"

"哦，没看出来啊。"

"养成习惯就好了。最重要的是不能堆积太多东西，只要好好践行'断舍离'，打扫房间就是个很简单的工作了。一般只需要三十分钟就足够。一周有一万零八十分钟，只要付出三十分钟的努力，就可以让剩下的大约一万分钟过得很舒服。相反，如果你不愿意付出这三十分钟的努力，那就不得不在难受的状态下度过那一万分钟了。"

树理似乎对我的话十分不屑。

"有喝的吗？"

"要不煮杯咖啡？"

她对我的建议不置可否，只是看着墙上的瑞典进口酒柜。

"要是有酒就好了。"

还真是不客气呢！不过至少今晚，我是肯定要顺着她的。

"没问题啊。啤酒、苏格兰威士忌、波本威士忌、白兰地、日本酒……"我一边用手指着，一边介绍道。

"你喜欢哪个？"

树理跷着脚，交叉双臂看了一会儿。

"我要唐培里侬香槟王，粉色的。"

真想给她一巴掌……但我必须忍耐。

"这种酒我平时一般都会在冰箱里放个两三瓶，但昨晚正好把最后一瓶喝掉了。红酒倒是还有，凑合着喝吧。"

树理叹了口气。

"唉，算了，就红酒好了。"

说完她还伸了个懒腰，大概是想努力装得成熟点。今晚就不跟她计较了，随她开心好了。

"遵命。"

酒柜的角落处还放着一瓶朋友送我的意大利红酒，我用螺旋式开瓶器拔出软木塞。

树理喝了一口，然后细细品味了一会儿。就在我以为她会说"年份不够"之类的话时，她居然满意地点头道："嗯，这酒不错。"

"那就好。你对酒很有研究吗？"

"没有啊。"她想也不想就否定了，"对我来说，只要觉得好喝就行，而且我也记不住那么多品牌。"

"但你不是还知道唐培里侬吗？"

"因为那是我唯一认识的香槟品牌。我爸爸常说只有唐培里侬香槟王才是真正的香槟，其他的都是些不相干的饮料罢了。"

葛城胜俊的脸在我脑海中浮现了出来。

我忍不住反驳道："所谓香槟，其实指的是所有在香槟地区生产的起泡酒，不是只有唐培里侬。"

树理听完，摇了摇头。

"一开始，香槟的酿造秘方只在香槟地区的奥特维尔修道院内传承，后来传遍了整个香槟地区。而创造这一秘方的人，正是修道院的酒窖管理员唐培里侬。所以，唐培里侬才是真正的香槟。"

"哦，原来如此。"我说着，给自己倒了一杯廉价红酒，"长知识了。"

烦人！葛城胜俊平时大概也是一边喝香槟，一边炫耀自己的丰富学识的吧。

"好了，那就继续我们原先的那个话题吧。"我说道。

"你是说那个游戏吗？"树理的神色明显有些紧张。

"当然。不过我想再次确认一下，你真想这么做吗？"

"不然我为什么要来这里？"

"请给我一个明确的答案，你到底要不要玩绑架游戏？如果你还没下定决心，也请明确告诉我。我会等你考虑清楚再决定。"

她有些不耐烦地摇了摇头。

"我不是跟你说了吗，我离家出走不是一时冲动，我恨葛城家，我要玩这个游戏。"

"好，那么游戏开始前，我们先举行个简单的结盟仪式吧。"我往两个酒杯里都倒了些酒，然后举起了自己的杯子。

"祝我们成功！"

树理也举起酒杯，和我干杯。

我尚未想好具体的计划，不过游戏已经开始了。我已经好久都没这么兴奋过了。

终于遇到足够有挑战性的游戏了。

"我需要先确认几个问题。"我竖起食指说道，"首先，你在离开家后，是否跟其他人说过你离家出走的事？比如有没有给朋友打过电话？"

树理立刻摇头。

"怎么可能？要是他们告诉我家里，不就完蛋了！"

"很好。那么下一个问题，请告诉我，你从昨天到今天都做了些什么？嗯，你说去过一家家庭餐厅，对吧？是哪家餐厅呢？"

"干吗问这个？"

"我得知道这期间你都接触过哪些人。如果被他们记住你的模样，那就麻烦了。"

"那有什么关系？"

"听着，你以为罪犯都是怎么被抓到的，不就是因为留下了痕迹吗？如果你没记住自己曾在哪里留下过痕迹，就无法推测警方会采取什么行动。"

"但你觉得家庭餐厅的服务员会记得我吗？他们每天都要迎来送往那么多客人。我去的时候，店里还坐着几十个客人呢！我敢打赌，服务员根本不会注意到客人长什么样。"

"但愿如此吧。不过从现在开始，你要时刻注意不要被人看到自己的脸。"

树理叹了口气。

"离开酒店后，一直往右走，就能看到一家丹尼斯①。我在那里吃了虾仁焗饭、沙拉，喝了咖啡。"

我拿起电话旁的便笺和圆珠笔写道："丹尼斯、虾仁焗饭、沙拉、咖啡。"

"你当时是坐在吧台那里吗？"

"我坐的是一张靠窗的桌子。吸烟区没什么人。"

"希望你没有做出什么会让人印象深刻的事情。"

"我可没想那么做。"

"有没有发现谁盯着你看？"

"为什么要看我？"

"因为你很漂亮啊，我还担心你被男人搭讪呢！"我看着树理美丽的脸庞说道。

她冷着脸扭过头去。

"不排除会有那样的人，不过我没注意到。当时那种情况，我肯

---

① 日本常见的西式快餐连锁店。——译者注

定会尽量避免和人接触的。"

"那就没问题了。"我点点头，"离开家庭餐厅后呢，你还去过哪里？"

"去便利店买了零食和果汁。"

她说的应该就是床上的那些东西了。

"哪家便利店？"

"就是家庭餐厅对面的那家。"

那家便利店我去过很多次。那家店卖酒，我曾在半夜去买过酒。

"你只是买了零食和果汁而已，对吧？没跟店员聊天吧？"

"店员是个大叔，应该刚被前东家解雇。他很紧张，一副生怕打错小票的样子。"

"从便利店回来后就直接回酒店了吧？"

她点了点头，于是我继续说道："见过酒店里的其他人吗？"

"这个嘛……"她歪着头说道，"回酒店时倒是从前台路过了一下，说不定会被人看到。可我当时也没想到要跟你这么合作啊。"

"知道了，没关系。"

我再次看向手中的便笺。也就是说，可能见过树理的人包括家庭餐厅的服务员、便利店的店员，以及波拉酒店的员工。如果她的话可信，那她就没有和这些人说过什么会给对方留下深刻印象的话。

"唯一担心的就是警方的公开搜查了。到时候你的照片说不定会被满东京分发，这样的话你刚刚提到的那几个人说不定就会想起曾经见过你。"

"不会吧。"

"我也觉得可能性不大，但很多犯罪行为之所以败露，往往就是因为那些自己觉得'不会吧'的情况，所以还是不能掉以轻心啊。"

"那我该怎么办？"

"想办法保证你的照片不会被公开。有句很俗套的台词，倒是很适合我们现在使用。"

"什么台词？"

"就是那句经常能在绑架题材的电视剧里听到的台词——'要是敢报警，你女儿就会没命'。好老套又好尴尬。"

"啊……但是，不是一般都要说这句话吗？"

"为什么？"

"因为……"

我放下便笺，将剩下的酒倒进杯子里，跷起二郎腿坐在沙发上。

"不过，照我对你父亲的了解，想必无论我们怎么说，他都会选择报警的。让他别报警这种话可以说是毫无意义的，所以完全不用说。"

树理沉默了。想必她心里也很清楚，葛城胜俊可不是那种甘心受罪犯胁迫的人。

"而且，就算我们不说，警方也会为了保护受害人而不马上对外公开。实际上，我们更应该考虑的是案件结束后的事情。你肯定会被安全地保护起来，但一定不要随意出现在媒体面前。原因就像我刚才说的那样，从昨天到今天的这段时间，说不定你已经被人看到并记住了。"

听我这么一说，她睁大眼睛看着我。

"你都开始想结束后的事情了？"

"这是自然。想要完成一个完美的计划，自然需要考虑最后将会呈现的结果。"

"最后的结果，就是我们的胜利吧？"

"这是自然。我是那种会时刻想象胜利，或者说会时刻描绘胜利画面的人。"我又喝了一口红酒，慢慢品味它的涩味。

"如果计划顺利，我想移居到国外去。所以我不会出现在媒体上，也不打算接受采访。"

"那这样自然最好。虽然很难完全阻挡媒体的视线，不过只要你要求不露面，想必他们还是会配合的。"

"嗯，就这么办。"难得树理这么听话。

"好了，现在我们已经解决了你离家出走后的目击者问题。"我说着，重新拿起了便笺和圆珠笔。

"说说你离开家之前的事情吧。这很重要。"

"离开家之前？"

"昨天晚上，我只看到了你偷偷溜出家门。所以你得告诉我，离开家之前你在哪里，做了什么。如果可以，最好把你昨天做的所有事情都跟我详细地说一遍。"

"这有什么意义吗？"

"你觉得我会问没有意义的问题吗？"我用圆珠笔的笔尖在便笺上敲了两下。

"听着，遇到绑架案后，警方要做的第一件事就是查明你是如何以及何时被绑架的，因为这些情况有助于他们查清罪犯的真实身份。

简而言之，如果他们发现没人有机会绑架你，就会开始怀疑这是你自导自演的把戏了。"

树理脸上的神情依旧淡淡的，不过她似乎听懂我在说什么了。

"我昨天没见过什么人。"

"你能不能不要再用这种模糊不清的说法？这种回答没有任何意义。"

她愤怒地瞪着我。"你想让我怎么回答？"

"行，那我换个问题：你见到的最后一个人是谁？"

"这个嘛……"她歪着头思考了一会儿，"应该是……千春吧。"

"千春是谁？"

"我爸爸第二任妻子的女儿。"

"哦，那就是你同父异母的妹妹吧？她叫千春是吧？怎么写？"

"千万的'千'，春夏的'春'。"她哼了一声，"这名字土死了。"

"还好吧。和她见面时大概是几点？应该是在家里，对吧？"

"晚饭后，八点左右吧。千春进来的时候，我正在洗手间里，所以没说几句话。"

"后来呢？"

"后来我就一直待在房间里看电视了。平常我也总是一个人在房间里待到天亮。"

"那的确没和其他人接触过。不过这件事很重要，你一定要好好回忆。"

树理不耐烦地摇了摇头。

"晚饭后，大家都各自回房了，晚上基本见不到其他人。千春好像经常夜不归宿，但我父母似乎一直都没发现，只要她能在吃早饭前回到房间就没问题。"

那么大的房子里居然只住了四个人，发现不了似乎也很正常。

"也就是说，吃晚饭的时候，家里只有你、你妈妈和千春三个人。"

那个时间，葛城胜俊应该正在与小塚共进晚餐，一边享受着珍馐美味，一边将佐久间骏介这个无用之人从项目中除名。

"吃晚饭时，就我一个人。"

"一个人？为什么？"

"她们俩好像都出去了。常有的事，一个人吃还乐得轻松呢。"

"那你是自己做饭吗？"

要真是那样，反倒是让我有些意外呢。不过她马上就摇头了。

"怎么可能？是阿崎帮忙做的饭。哦，我想起来了，吃晚饭的时候，阿崎也在我旁边。"

"阿崎？你刚刚好像没提到过这个人。"

"是我们家的用人。特意从大崎过来的。"

还有用人啊？不过这种家庭，有用人也是很正常的。

"她的工作时间是多长？"

"具体情况我也不清楚，她一般都是下午过来，负责打扫卫生、洗衣服、买东西和做晚饭。每天的下班时间都不一样，但一般都会在晚饭前离开。不过昨天我吃饭的时候，她好像还在厨房打扫卫生。"

"你吃完饭后，她就回去了吗？"

"应该是的。"

"吃饭的时候，你们有聊过什么吗？"

"那肯定有啊。家里就两个人，总不能一直沉默着不说话吧。"

"那你们都聊了什么？你应该没透露任何要离家出走的意思吧？"

"怎么可能？更何况我当时还没决定离家出走呢。"

"明白了。"我在便笺上把千春的名字圈了起来。

"昨天听你说完你想离开葛城家，我就猜测你的冲动肯定事出有因。这么看来，问题应该就出在晚饭后你和千春见面说的话上。当时发生了什么？"

树理的脸色瞬间一变，然后她交叉双臂，微微噘起嘴。

"她说我用了她的霜。"

"霜？"

"就是面霜。我就是用了一点她放在洗手间里的面霜而已。"

"哦。"我点点头，"所以你们就吵起来了？"

"那倒不至于，我们平时也不会吵架。一般遇到这种情况，我都会主动道歉。这种事几乎天天都有，我早就习惯了。只不过昨天千春有点过于咄咄逼人了，站在那里没完没了地说我。"

"所以你一气之下就离家出走了？"

"回到房间后，我越想越觉得委屈，觉得自己的命也太苦了吧。那个家，我是一秒钟也待不下去了。"

怎么跟个小学生一样——我暗道。

我看着便笺，在脑中整理思路。我要基于她的话编出一个合理的故事。

"你刚刚说，千春经常夜不归宿。那你呢？像昨天这种偷偷跑出去的事情，以前也有过吗？"

"也有过，只是不像千春那么频繁。我也有权享受青春，不是吗？"

"享受青春啊……"

这话要是从一个三十多岁的男人口中说出来，我肯定会觉得"可真猥琐"，可从一个年轻女孩嘴里说出来，怎么就觉得还挺有意思的呢？

"平时出来的时候，也是像昨天一样翻墙吗？"

"我一般都是从小门出去，昨天翻墙是为了避开监控摄像头。要是从小门出去，一不小心就可能会被监控拍到。"

"晚上出门还真是不容易啊。那以往出来后，你都住在外面吗？"

"嗯……住了几次。"她耸了耸肩，大概是想起了以前的事情。

"对了，有个重要的问题忘了问你。你有男朋友吗？"

"我现在还是单身。知道我是葛城家的女儿后，所有人都对我敬而远之了。"

"现在的学生可真胆小，怎么就不敢试试追求豪门千金呢？也就是说，你平时都是跟女孩玩？"

"嗯，大学同学之类的。"

"那你出去玩之前，应该都会和家里打好招呼吧。"

"大部分时候会，但偶尔也会突然出去。我有几家常去的店，一般我都会在那里碰到一两个熟人。"

一个二十岁出头的年轻女孩居然还有"常去的店"，听起来多少让人觉得有些傲慢，不过这也正好解释了她为什么要在夜里偷偷溜出家门。

"对了，"我再次看着她的包问道，"你没带手机吗？"

"没带，不想给自己找麻烦。"

"找麻烦？"

"要是他们发现我不见了，肯定会给我打电话的，那手机就会一直响，烦都烦死了。为了减少麻烦，我就必须关机，那和不带又有什么区别呢？想打电话的时候，就找公用电话好了。"

"我很欣赏你的理性。"我点了几下头，这是我的真心话。

"但这就会引发一个问题，警方可能会觉得你没带手机出门很奇怪。"

"他们也可能会觉得只是我忘带了吧。"

"现在的年轻女孩出门会忘带手机吗？就像你肯定不会忘带钱包一样，刑警们一定会起疑的。这个我们又该如何解决才好呢……"

"就当太着急，忘了。"

"那你为什么这么着急？是跟谁约好了吗？"

"比如，因为我快赶不上末班电车了……"

我嗤笑了一声。

"亏你想得出来，你忘了自己是坐出租车离开的？不过，赶不上时间这个思路倒是挺不错的。"我说着，又用圆珠笔在便笺上敲了两下。

"你不是说有几家常去的店吗？有没有哪家店是在十二点左右关

门的？”

树理轻咬着大拇指的指甲想了一会儿，然后说道："我记得涩谷的'疑惑'就是。"

"好，那我们就这么说。因为千春埋怨你动了她的面霜，所以你感觉非常委屈，准备去'疑惑'转换一下心情。因为那家店很快就要关门了，所以你得马上出门。一着急，就把手机给忘记了。你觉得这个说法合理吗？"

"很不错啊。"她不假思索地答道。当然，我也没指望她能给出什么建设性的意见。

"那就进入下一个问题：绑匪是在什么时间、什么地点绑走你的呢？"

这个问题很重要。一旦出现偏差，就可能满盘皆输。

我先在自己的脑中进行了一次模拟。假设我是绑匪，绑走了葛城家的千金小姐，那我应该在哪里埋伏，才能避开所有人的目光呢？

"能绑走你的机会应该只有一个。你从家里溜出来后，一出马路就能拦到出租车。要绑架你，就必须在你到达马路前动手。你家门口的那条巷子很黑，那个时间也几乎没人路过。想绑走你，只能在那里动手。"

"你说的绑架，是指把我强行带走吗？"

"对，而且是迅速带走，快到你都来不及呼救。"我轻轻闭上眼睛，在脑中想象着这个情景。田园调布① 的高档住宅区……树理独

①　位于东京南部大田区的一条街道。——译者注

自一人走在路上……绑匪驾驶汽车从后面靠近……速度极慢……追上她后，停车，后门开启，一个男人迅速下车……

"绑匪至少得有两个人。"我依旧闭着眼。

"一个开车，另一个坐在后座上伺机而动。看到后座的男人下车后，你惊呆了，但还没来得及反应就被对方用手帕捂住了嘴。很显然，手帕上涂满了三氯甲烷……"说到这里，我摇了摇头。

"不对，三氯甲烷已经过时了。应该用乙醚，现在的吸入麻醉剂用的都是乙醚。罪犯具备一定的医学知识，也很了解乙醚的使用方法。"

"两个不都一样吗？反正警方也不会调查这种事。"听到树理的话，我睁开眼，皱了皱眉。

"这都是为了设定我的形象。塑造罪犯性格和明确犯罪内容同样重要。"

"有必要吗？"树理一脸不以为然的样子。

"假绑架之所以会被识破，就是因为实施者没有认真思考真实的绑架计划，做出了一些很可能暴露身份的奇怪行径。否则，你觉得我为什么要问那么多关于你离开家之前的事情？"

树理没有回答，只是耸了耸肩，也不知道她到底听懂了多少。

于是，我继续说道："绑匪用乙醚迷倒你后，立即开车逃到事先准备好的藏身点。那里有充足的食物和生活必需品，当然也有电话、电脑和电视，足够把你关个几天。"

"藏身点在哪里呢？"

"这个问题很重要，不能草率决定。我们要先描绘好绑匪的性格，再基于他们的性格来设定。"

"既然如此，那就打造出一个酷酷的绑匪吧！"

"首先要保证合理性。比如绑匪的特征就是极其小心谨慎，还非常执着，不过一旦开始采取行动，就会极其迅速果断。"

"嗯，这样啊。"

"你想想看，从绑架的手法来看，绑匪必定是不知从哪里得到了葛城家的女儿偶尔会半夜偷偷溜出家门的消息，然后就一直在外面蹲守，等待机会。会这么做的人，必然是非常谨慎且执着的。而当机会出现后，他们也没有丝毫犹豫，可见是做事果断的人。"

"原来如此。"树理微微点头，眼神中似乎透露出了钦佩之意。

"我能问个问题吗？"

"什么问题？"

"我是不是被监禁在那个藏身点了？"

"现在还没确定究竟是监禁还是软禁。怎么了？"

"嗯……"她舔着嘴唇说道，"我会在那里被强奸吗？"

Chapter 5

第五章

那么，"我们并未对令千金造成任何身体上的伤害"的表述就只是为了暗示强奸的可能性，同时又隐含了绑匪无意这么做的意思。等到案件侦破后，刑警们会从树理口中得知其中有一名女绑匪，继而恍然大悟。

尊敬的葛城胜俊先生：

令千金在我们手里，如果您想让她平安回家，就请按照我们的要求来做。首先，准备　亿日元现金。

当然，这件事绝不能告诉包括警方在内的其他人。否则，我们将立即终止交易。

到目前为止，我们并未对令千金造成任何身体上的伤害。至于此等绅士态度能维持多久，就取决于您的态度了。为了使双方都能得到满意的结果，还请阁下尽快做出决定。

我将椅子转了半圈，看着树理道："那么，我们要多少赎金好呢？"

她看了看电脑屏幕后，坐到床上。

"看你这意思，至少要管他要一亿日元的赎金吧？"

我笑了笑。

"这是当然。也不看看我绑架的是谁？你可是名扬天下的日星汽车副社长家的千金小姐啊！要是赎金不过亿，岂不是看不起你爸爸？"

"他会愿意给情人的女儿花这么多钱吗？"

"绑匪又不知道你究竟是谁的女儿。"

我将椅子转回去，将手指放在键盘上，然后在"亿日元"前的空白处敲下了数字"三"。

"三亿日元？为什么？"树理问道。

"没什么特别的原因。如果非要找个理由，大概就是为了迷惑他吧。"我伸手去拿啤酒。

"这样会让他觉得绑匪团伙一共有三人，而且三亿日元对他来说也不算什么大钱。要是十亿二十亿，就算是你爸爸，估计一下子也很难凑齐。"

"三亿日元啊？我们两个人分的话，岂不是一人有一亿五千万日元了？"

"我只要百分之十，也就是三千万日元。你更需要钱。"

"你不需要钱吗？"

"我当然也需要钱，但钱不是我玩这个游戏的主要目的。"

我点击鼠标，电脑屏幕上随即出现了一幅彩色的 3D 图像，上面的标题写着"汽车公园"。

"这是什么？"

"这是我这几个月的心血。要不是因为某些无知的人横加阻拦，这个梦想世界或许已经变成现实了。"

我再次点击鼠标。立体大门打开，眼前出现了一个壮阔的汽车世界。往右走，可以详细了解汽车的发展历史，里面陈列着蒸汽汽车、老爷车等各种各样的汽车车型，每一件都堪称精品，绝对会令车迷叹为观止。

"好像博物馆啊。"

"不仅仅是博物馆。一般这种地方都会粘贴'请勿触摸展品'之类的标语吧？但在这个汽车公园，你绝对找不到一处这么没有礼貌的标语。相反，这里的游客可以试驾园区内的任何一辆车，从手摇式点火汽车到丰田2000GT、F1，你可以随心所欲地试驾任何一辆，而且还不需要驾照呢。"

"这是什么意思？"

"因为我在每个区域都放了几台模拟装置。你可以借助这个装置进行任何一辆车的模拟驾驶体验。你可以将之想象成游戏厅里的电玩赛车。而且每种车型对应的驾驶场景也都不一样。比如，如果你驾驶的是丰田2000GT，就会犹如置身于古老而美好的昭和时代。"

"哦，这听起来很有意思啊。"

树理的赞叹不似假装。如果她父亲也能这么单纯就好了。

"客人可以在这里了解汽车的发展历史，从古老的车型开始，按照时间顺序慢慢走近现代汽车，随后穿越现实，进入想象中的未来汽车社会。在未来汽车展示区，我设置了一个特别的区域，这里才是亮点所在，因为日星汽车的新车型就藏在这个区域。这里也设置有模拟装置，可以让客人率先体验新车型的驾驶乐趣。而且，这里的模拟装置和其他区域的可不一样哟，这里用的是出自日星汽车开发部的实物，能让客人更加逼真地体验新车的性能。同时，屏幕上会出现新车的概念图，并播放音乐，技术顾问们则会迅速讲解新车型的卖点。离开这个特别区域时，所有客人手里都会握着一本小册子，心里也会盘算起该怎么贷款的问题。"

我一口气说完这些后，才注意到树理正时不时地盯着我看，于是我便迅速终止了这个话题。叹了口气后，我又将电脑屏幕的画面切回那封勒索信。

"总而言之，要不是因为那个执拗的葛城胜俊，我刚才说的那些现在已经成为现实。日星汽车的新车一定会大卖，'网络计划'这家公司也一定会声名鹊起，所有人都会沉浸在喜悦之中。"

"也就是说，你策划这场绑架游戏的目的，就是报复这个废除你计划的人？"

"如果你认为这是报复，那我可就太失望了。我从一开始就说过，这是一场游戏，是我向你爸爸发起的游戏挑战，只是为了让大家看看到底谁才是真正的游戏高手。"

"但我爸爸并不知道这是一场游戏。这不公平吧？"

"怎么会呢？葛城胜俊不会直接报警的，他会选择依靠自己的智慧解决问题。当然，他不会知道对手是我，但他一定会应战的。从那一刻开始，我们才真正展开交锋。"

我重新读了一遍这封勒索信。

在最后的"我们并未对令千金造成任何身体上的伤害……"那段话上，我斟酌了很久。树理的那句"我会在那里被强奸吗"给了我很大的启发。

把一个年轻的漂亮女孩锁在房间里，绑匪肯定会生出一些其他的想法。在我设定的场景中，绑匪是两个男人。为了阻止人质逃跑，其中一个男人甚至两个男人都试图强奸树理——看起来这样的设定应该比较合理。

但是，我就是不愿意设定树理被强奸的场景。当然，我实际上也不可能这么做，毕竟我可没有那种爱好。可那就意味着要让她撒谎。事件结束后——当然是指游戏胜利后，警方一定会问她很多问题。比如，绑匪有没有对你下过手？简而言之，就是他们也许会问树理是否受过什么伤害。那我应该让她怎么回答才好呢？真正受过伤害的人质会做出什么反应？这是个难题啊。即便不明确回答，只要一脸痛苦，眼含泪花，刑警们或许也能自己猜到答案。可问题是，树理能有那么高超的演技吗？我认为还是不能把赌注全押在她身上。不能小看刑警的洞察力。

绑匪没有强奸过她——我已经有答案了。那么，他们为什么没这么做呢？因为克制住了？这种说法也未免太难以令人信服了。我绞尽脑汁能想出来的唯一理由，就是"没有机会"了。

绑匪为两人，一男一女。两人是恋人或夫妻关系。绑架树理时，开车的是女绑匪。在这种设定下，男绑匪基本很难找到机会背着女绑匪偷偷对树理下手。

那么，"我们并未对令千金造成任何身体上的伤害"的表述就只是为了暗示强奸的可能性，同时又隐含了绑匪无意这么做的意思。等到案件侦破后，刑警们会从树理口中得知其中有一名女绑匪，继而恍然大悟。

"好了，下一个问题是如何发送勒索信。"我交叉双臂，靠在椅子上。

"你知道你父亲的邮箱地址吗？"

"不知道。"树理立刻摇头道。

"那手机号码呢？"

她听完只是摊了摊手，表示也不知道。

"你怎么什么都不知道？"

"你可以去涩谷找几个和我年纪相仿的女孩，问她们知不知道自己爸爸的邮箱地址或是手机号码，十个里面但凡有一个能说出来，我就给你跪下。"

"我又不是为了等你下跪。"

不过她说的应该是真的。这个时代，几乎已经没有人能背出其他人的手机号码了，大都是依靠手机通讯录来记录的。我自己也一样，而且没事的时候，我也基本不会给我父亲打电话。

查到葛城胜俊的邮箱地址或手机号码并不是多困难的事，只要问问公司里与他有过业务关系的同事就知道了。问题是，我不想因此暴露自己。

"你不能直接打电话吗？"树理问道，"在绑架题材的电视剧里，一般不都是绑匪直接打电话吗？"

"这么做的风险很大。先不说对方会不会通过信号来识别绑匪的身份，至少绑匪的声音、声纹、说话方式、环境音等，都会成为警方侦查案件的宝贵线索。如果第一步就出错，完美犯罪可就成了白日做梦了啊。"

"但这是第一通电话啊，现在应该还不至于惊动警方吧。而且我们家的电话没有录音功能。"

"距离你离开家已经过去大约二十四个小时了，你家人估计已经报警了。现在警方会怀疑一切可能性。要是普通人家，或许警方眼下还不会采取太多行动，但失踪的人可是葛城胜俊的女儿啊。警方肯定也会考虑绑架的可能性，现在估计已经有几名调查人员在等绑匪的电话了。"

"真会这样吗？"树理歪着头问道。

"也许不会，但也未必不会。我不是乐观主义者，所以我不会冒这种有一半概率的险。"我看着电脑屏幕说道。

本以为只要给葛城胜俊的邮箱发封勒索信就可以，现在看来这条路是走不通了。

"你家有传真机吧？"

"传真机倒是有，在我爸爸的书房里。你准备发传真？"

"嗯，发传真应该是最不可能给对方留下线索的方法了。那么下个问题，我们该怎么得到对方的回信呢？你有什么好办法吗？"

我只是随口一问，并不期待她能给出什么有价值的回答。不过，树理似乎还真认真思考起来了。

"一开始你说要用邮件发勒索信，那你打算用谁的邮箱呢？总不能用你平时用的那个吧？"

"当然啊，哪个绑匪会蠢到在勒索信里写上自己的真实姓名和地址？虽然我可以让对方的通信软件显示假地址，不过以防万一，我还是准备找个新邮箱来发。"

"用一个查不到真实身份的邮箱地址？"

"是的，我有两个想法，一是用免费的电子邮件服务。"

例如，像 Hotmail 之类的免费电子邮件服务，就允许用户不写明姓名和住址。警察再厉害，也无法根据邮箱地址查出我的身份。

"另一个呢？"

"用你的邮箱。"我指着树理的胸口说道。

"我的？"

"你平时不也会发电子邮件吗？"

"我倒是记得邮箱地址，但是忘记密码了。"

"那就注册一个新邮箱吧，你不是带着信用卡吗？只要有信用卡，就能随时注册。"

"嗯……"不知为何，树理看起来似乎有些犹豫，"我要修正一下。"

"什么？"

"我说自己带了信用卡，其实是骗你的，我只是带了点零花钱而已。"

"其实我一开始就猜到了，不过你为什么要骗我？"

"因为不想让你觉得有机可乘啊。让你知道我身上没什么钱，岂不就等于暴露了自己的弱点？"

我冷冷地盯着树理那张看起来满不在乎的脸，但她似乎完全不以为意。

"那就只剩下一个选择了——使用免费的电子邮件服务。"

"那是不是该注册新邮箱了？"

"你想怎么做？"

"我们可以直接把邮箱地址写在勒索信里，然后传真过去，要求他通过邮件回复。"

"这还真是个办法呢。"

我对眼前的少女有了新的认识，她的思维似乎非常敏捷。

"不可以吗？"

"也不是不行，只是算不上最佳方法而已。因为我并不打算通过邮件来联系对方。就算我注册了新邮箱，也只会用一次而已。每次发邮件，我都会用不同的邮箱地址。换句话说，就算对方给我发了邮件，我也收不到。"

"你还真是谨慎啊。"

"当然，你也不想想我们现在是在做什么！"

我拿起遥控器，打开电视。宽屏的电视上正在播放篮球比赛。我换了好几个频道，直到在一档体育节目中看到日星汽车的商业广告。这是一款名为 CPT 的跑车广告，当红女艺人正一脸惬意地开着跑车驰骋在原野上。我不觉得这是个优秀的广告作品，估计葛城胜俊还没看过吧。

我又转回电脑屏幕，打开浏览器，在搜索引擎中查找日星汽车 CPT 车型的相关信息。不出所料，车迷们已经自发创建了许多网页。我随意点开一个网页，大标题处写的是"CPT 车主俱乐部"。首先映入眼帘的是一辆红色的 CPT。一看就是外行人拍的照片，看样子应该是这个网页创建者自己的车。上面写着："欢迎所有热爱 CPT 的伙伴来这里交流心得并休息一下，请随便逛！"页面上还设置了"近期新闻"、"维护"、"我的 CPT 摄影作品"和"留言板"等栏目。真是一个所有人都可以成为信息传播者的伟大时代啊！我点开"留言板"，很快就看到了以下内容：

期待（开心小兔）

大家好，之前我和你们提到的 CPT 车型终于买回来啦。我一直在想象驾驶这辆车在高速公路上飞驰的感觉，真是激动得每天都睡不着啊。等我开过后，会马上来跟你们分享哟。希望不会发生事故（笑）。

异响（闪耀公主）

我是两年前入手这款 CPT 车型的。最近温度计的数字好像一直在攀升，不知道是不是过热呀？我现在每天都战战兢兢的，有没有哪位小伙伴知道该怎么做才好？

回复：异响（快递员冬兵卫）

闪耀公主你好，我的车也出现了同样的问题。我觉得应该是 CPT 的体格（？）问题吧？散热器有点不堪重负了。不过我的车倒是还没出现过"过热"的情况。如果担心的话，就去检查一下？（没什么用的建议）

得到了"互联网"这个玩具的小市民们，写出的依旧是幼稚、拙劣的文章。但话说回来，他们说不定也会在其他地方发表一些暴力和恶意的言论，真是一群麻烦的人啊。

我记录下网址后就关掉了浏览器，重新打开刚刚那封勒索信的画面。看了一会儿后，我继续写了下去：

如果您愿意和我们交易，请打开以下链接，并以树理的名义在留言板上写下回复。我们看到后，就会与您联系。

网站名：CPT 车主俱乐部

网址：http://www.……

"这样如何？"我转身看向树理。

她读了几遍后，点点头。

"原来如此，这样就既不会暴露自己，又能及时得知对方的想法了。"

"以前的绑匪喜欢利用报纸来传递信息。比如他们会在三大报纸的早间版寻人栏中登出'太郎，问题解决了，赶紧回家吧'之类的文字。不过这么做，就得到第二天才能收到回复。而如果借助网络上的留言板，就可以立刻收到对方的消息。对受害者来说，这也不会产生什么经济负担。如今这个社会可真是太方便了。"

我打开打印机准备打印。

"等一下。"树理拍了一下我的肩膀。

"怎么了？"

"关于这封勒索信，我只有一个要求。"

"是哪里不满意吗？"

"我不喜欢'令千金'这个词。请把我的名字写清楚，就写'树理小姐'。"

我重新读了一遍内容，然后摇头道："不行，要是用'树理小姐'，气势就一下子被削弱了。'令千金'不是很好吗？"

"可我不是他的千金。"她低下了头。

"我已经说过很多次了，绑匪不可能知道你的过去，所以他也只会认为你是葛城家的宝贝女儿。我认为'令千金'这个称呼没有任何奇怪之处，反而是'树理小姐'这个写法很奇怪。"

"但我就是不喜欢。"

我叹了口气。

"那大小姐呢？这样总可以了吧？"

她依旧没有点头。

"我是树理，葛城树理，既不是什么千金，也不是什么大小姐。"

"你可真够麻烦的……"我的头都开始疼了，"行，就叫'葛城树理'，也不用加'小姐'了，直接就写你的名字。可以吧？这是我能做出的最大让步了。"

树理缓缓点了点头。"那就这样吧。"

我耸耸肩，开始修改语句。真不明白这个年轻女孩在想什么。

我重新读了一遍这封信，确定没有错字漏字后，便将它打印了出来。确认打印效果后，我把信递给树理。

"你要用传真来发吗？不用电脑上的传真模式？"

"以防万一，否则警方很可能会根据文档的类型推断出计算机的类型。而且按我的经验，用传真来发送这么小的文件，所花的时间会更少。一旦发现不对劲，我也能立刻挂断电话。"

我小心翼翼地将勒索信周围的空白处全部剪掉，这么做可以缩短传真的发送时间，接着再拿剪刀将勒索信随意剪成八份。

"这是做什么？"

"嗯，你看着就是了。"

随后，我又取出透明胶，将八张纸片打乱顺序后随意粘在一起，再将这张粘好的纸放进电脑旁的传真机里。

"你打算用这个发？"树理惊讶地问道，"不会被对方查到信号源吗？"

"就是因为担心这个，所以我才把信剪开了。就算警方在葛城家驻守，看到传真时也不会立刻反应过来信件的内容。等他们把纸拼好，发现这是一封勒索信时，我应该已经挂断电话了。"

我直视着树理。

"这部电话签订了不显示号码的合约，只有先按下1、8、6三个数字，对方才能看到我的来电号码。好了，接下来就由你来拨号发送传真吧。"

"为什么要让我来？"

"因为我希望你能清晰地认识到我们现在是同伙这件事。你说要参与我的计划，可到了真正执行的时候，你又开始犹豫了。我不允许你在发出这封勒索信后改变心意。"

发吧——我指着传真机示意。

树理轻轻咬着嘴唇，有些生气地瞪着我。我则坐在椅子上回看着她。我这个人一向如此，每次准备冒险时，总会为自己留出一条后路。

树理轻轻地叹了口气。

"发传真前，我还要做件事。"

"洗个澡，让自己冷静一下？"

"我想先回趟家。"

"呵呵,"我有些失望地说道,"现在开始想家了?算了,那就到此为止吧。"

我从传真机里拿出那封勒索信,准备撕毁。

"等一下,不是你想的那样。我不是想回家,只是想到家门口看看。"

"如果你还在犹豫,那这场游戏我们就注定会输。"

"我都说了不是那样,你怎么就听不懂呢?"树理生气地挥着双手,"我没有退出游戏的意思,我也想报复那个家里的人。我只是想确认一下我爸爸是否在家而已。如果他不在,你发传真也没意义啊。我刚刚跟你说过,传真机在我爸爸的房里,没有经过他的允许,谁也用不了。"

"嗯。"我把勒索信放回传真机,"但你爸爸也不可能一直不在家啊,他总会回去的,到时候不就能看到传真了?"

"但我猜不出他什么时候回家,我不喜欢这种感觉。如果不确定我爸爸已经看到那封信,我就放不下心,也睡不着觉。"

我用食指挠了挠耳朵内侧。我明白树理的意思。

"可是你不进去,又怎么知道葛城胜俊回家没有呢?"

"去车库看看就知道了。车库里有车,就说明他到家了。"

"原来如此。"她说得的确很有道理。

"你们家的传真机和电话是同一台设备吗?还是……"

"是专线,就连号码都不一样。"

"那收到传真时,也会像电话一样响铃吗?"

树理摇了摇头。"应该不会。"

"那么就算葛城到家了，他大概也要到明天早上才会看到勒索信。现在这么晚了，他应该已经睡下了。"

"还有一件事，我也想确认一下。我已离家出走超过二十四小时了，我想亲眼看看他们的生活是不是毫无变化。"

"如果屋子里的灯还亮着，就说明他们在担心你，你就会感动不已，进而取消计划，对吗？"

我不禁讽刺起来。

"我觉得这种可能性根本不存在，所以才想亲眼看看。更何况，发出勒索信之前，先去看看家里的情况，对计划来说也不是什么坏事吧？"

"那又有什么好处呢？"

"也许我们可以看看有没有警察。"

我嗤笑了一声。

"你觉得这种时候，警察会把车停在你家门前吗？"

"但如果家里有刑警，他们至少会开灯吧？"

"这……"不得不说，这话倒有几分道理。

"但你这么做很危险。一旦发现附近停着一辆可疑的汽车，警察肯定会立刻注意到。而且你家门口装有监控摄像头，如果你被摄像头拍到，那我们可就前功尽弃了。"

"只从门口路过不就行了？这样就不会有人怀疑了啊。"

我交叉双臂，沉吟了片刻，然后再次看向她。

"如果我拒绝呢？"

"那……"她耸了耸肩,"我也没办法。你继续按你的方式做就好了,但我不会发传真的。"

"跟我玩这招?"

我站起身,走到窗前,微微拉开一点窗帘,俯瞰着夜晚的街景。

我是该继续,还是该放弃呢?如果树理犹豫不决,或许就该停止游戏。但从玻璃窗上映出的身影来看,她似乎完全不害怕。这个少女从一开始就是一副无所畏惧的模样,这也是促使我策划这场游戏的主要原因。

我转身回到她身边。

"你要乔装打扮一下。"

"乔装打扮?"

"万一被他们发现你坐在车里就麻烦了。"

她显然听懂了我的意思,于是微笑着点了点头。

大约四十分钟后,我和树理坐上了出租车。我没有开自己的车,因为不想被监控摄像头拍到,留下证据。

我们在出租车里随意聊着足球和电视剧之类的话题。绝不能让司机觉得我们是一对可疑的男女。幸运的是,司机似乎对我们丝毫不感兴趣。树理身穿一件连帽衫,外面套着一件牛仔夹克。两件衣服都很宽松。不过现在的年轻人穿得都很奇怪,穿奇装异服早已不是什么稀罕事了。我则穿着一件皮夹克。司机估计觉得我们俩就是一对半夜出来瞎玩的情侣。

出租车驶入了田园调布的住宅区,接着就由树理替我给司机指路了。随着葛城家越来越近,我的手心也开始不停地冒汗。

不久，那栋豪宅就出现在了右前方。当然，我们不能让汽车在这里减速。

"请继续直行。"

对司机说完这句话后，树理就用连帽衫的帽子盖住了头，接着往前拢了拢牛仔夹克的前襟，又将下巴往里缩了缩，这样就几乎把整张脸都遮住了。

车子没有减速，径直从葛城家门口驶过。在那短短几秒间，我们调动了全身的神经，集中所有注意力观察那栋宅子里的情况。

车子驶过之后，我们对视了一眼。树理微微点了点头，我也点头以示回应。宅子里所有的灯似乎都灭了。

我们找了个合适的地方下了车，走了一段路后，又叫了一辆出租车。回去的路上，我们俩都沉默了。

回到公寓后，我们再次面对面坐在传真机旁。

"你家的灯全都灭了。"我说，"车呢？"

"如果没看错的话，我爸爸的车应该已经停进去了。"

"也就是说，葛城胜俊已经回家了，现在正在家里睡觉。而且，警方目前似乎还未介入。"我看着传真机说道，"所以现在就是发送勒索信的唯一时机。"

"明天早上不也可以吗？"

"夜长梦多，说不定又会出现什么新状况。万一到时候你又退缩了呢？如果确定要发，那就现在发。一旦错过这个机会，游戏就结束了。"

树理看着勒索信，沉思了许久。我看了看墙上的钟，只打算给她十分钟的犹豫时间，再想下去就是浪费时间。

沉默了五分钟后，她终于抬起了头。

"好，我发。"

"发了可就没有回头路了哟。"

"你也一样，不要半途而废哟。"

"再干一杯如何？为了我们的结盟。"

树理摇了摇头。她站在传真机前，确认勒索信已经放好，且传真机已经联网后，将手指伸向了拨号键。

第六章

我去浴室快速冲了个澡，然后一边刮胡子，一边思考起了下一步计划。不管怎么说，葛城胜俊应该都会在网站上回复，而且大概率会同意交易，但也定然不会轻易同意我们的要求。首先，他一定会提出一些条件，例如确认女儿是否安全之类的。那我该如何应对呢？

半梦半醒地过了几个小时后，我从沙发上站了起来，像往常一样做了一会儿柔软体操、俯卧撑和仰卧起坐。我正躺在地毯上喘着粗气，正上方突然出现了树理的脸。

　　"早上好。"

　　"你起得真早，还是根本没睡？"

　　"我饿了。"

　　"等一下，我现在去准备早饭。"我起身走进了厨房。

　　早饭是烤面包、水煮蛋和蔬菜汁。

　　煮咖啡太麻烦了。

　　换衣服的同时，我顺便打开了电脑，打算查看一下电子邮件。邮箱里只有两封未读邮件，而且还都是无关紧要的事情。"汽车公园"项目的失败，大概会让我彻底成为过去。但我不会认输！我一定会东山再起的。

　　总觉得背后有一道目光盯着我，转过身一看，树理正盯着电脑屏幕。

　　"怎么了？"我问她。

"爸爸,他看到了吗?"她有些犹豫地问道。

"要不要看看?"

"好啊。"

我双击电脑上的浏览器图标,打开"CPT车主俱乐部"的主页,直接进入留言板。

和我昨晚看的时候相比,上面增加了两条留言,但似乎都不是葛城胜俊所发。

"还没有回复。"我说着,关掉了浏览器。

"大概是还没看到吧。"

"应该不可能。既然他特意在书房里放了一台传真机,就意味着他需要时常处理一些紧急事件。早上醒来后,他也一定会去书房看看有没有传真。我想他现在正盯着那封勒索信思考对策呢。"我看了看钟,此时刚过早上八点。

从电脑前离开后,我就着蔬菜汁吃完了剩下的烤面包和水煮蛋。

"我来猜一下你父亲会做些什么吧。首先肯定是报警。他那个级别的人物,身边自然不乏一两个警察好友。大约一个小时后,警视厅的绑架专案组调查员就会到达你家。与此同时,你父亲可能会给公司打电话,说今天因为个人原因去不了公司,并警告下属,如果没有非常紧急的事情,就不要给家里打电话了。接着就是打电话给女用人,让她今天不要过来了。最后是告诉妻子和另一个女儿绝不可以外出。嗯,大概就是这些了吧。"

"那要如何联系银行?"

"你是说赎金吗?那还早呢!肯定得先和警方商量一下。再说了，他可是葛城胜俊啊！筹集个区区三亿日元，对他来说肯定不算什么难事。他亲自出面取钱，银行又怎么会不给呢？"

我去浴室快速冲了个澡，然后一边刮胡子，一边思考起了下一步计划。不管怎么说，葛城胜俊应该都会在网站上回复，而且大概率会同意交易，但也定然不会轻易同意我们的要求。首先，他一定会提出一些条件，例如确认女儿是否安全之类的。那我该如何应对呢？

刷完牙后，我回到卧室。树理正坐在沙发上看电视，好像是在看一个新闻节目。

"你要去上班了？"

"别看我这副样子，但我还是个上班族。"

"那我怎么办？"

"虽然我很想说随你，但你如果太随意，或许就会引发一些不必要的麻烦。所以首先就是，绝对不要离开这个房间，这一点非常非常重要。就算有人按门铃也不要理会。绝不可以打电话或是接电话。在这个前提下，你想在这里做什么都可以。"

"我饿了。"

"冰箱里有速冻菜肉烩饭，食品柜里有速食食品和罐头。抱歉，今天就只能这样将就一下了。你可以喝点葡萄酒或啤酒，但别喝太多，要是喝醉了做出点疯狂的事情就麻烦了。"

"便利店也不能去？"

"你得明白我们要做什么。你不会以为我们是在玩捉迷藏吧？"说着，我举起食指补充道，"更正，不是要做什么，而是正在做什么。游戏已经开始，没有回头路了。"

树理恶狠狠地瞪了我一眼，就像在说："我知道！"

看到她这熟悉的模样，我顿时放心了不少。

我离开公寓后，像往常一样去了地铁站。路过玻璃窗的时候，我看了看自己的身影，很不错。无论从哪个角度看，这都是一张普普通通的上班族男人的脸，丝毫看不出他是个会策划绑架案勒索他人的人。毕竟，没有哪个绑匪会穿阿玛尼的西装去上班吧？

我并不觉得犯罪是什么天大的难事。为了经济利益的犯罪，对我来说就跟工作无异。无须思考如何躲避法律的制裁，只要小心别被警方识破就可以了。勒索和商务交易，本质上并无区别。不，甚至比绞尽脑汁说服某些固执的客户更轻松。

虽然我跟树理说"没有回头路了"，但其实也没那么严重。一旦觉得危险，马上撤退就好了。让树理闭嘴也不是什么难事。毕竟策划假绑架案也不是什么光彩的事情。退一万步说，即便被发现了，我也丝毫不用担心。我只要告诉警方，自己是在树理的蛊惑下参与此事的就可以。当然，她也会告诉警方我才是主谋。可问题是，她根本拿不出任何证据。最重要的是，受害者葛城胜俊本人也不会愿意闹得满城皆知。

当然，我丝毫没有回头的打算。到目前为止，只要是我想做的事，从没有一件失败过。所以，这次的游戏，我也一定会成为最后的赢家。

一到公司，我就被种种无聊的杂事给淹没了，无非都是些当红少女歌手参演电影和同名电视游戏的联名销售之类的活动。我真不觉得这些无聊的活动需要让一个大男人来参与策划。会议期间，我也一直在思考该怎么收取赎金的问题，毕竟这可比那些无聊的活动有趣多了。

回到座位上后，我又上网看了看。登上那个网页后，我依旧没有发现葛城胜俊的回复。

难道他还在和警方商量？也怪自己疏忽，怎么就忘了设定回复期限呢？看样子，对方这是在拖延时间啊。

"看什么呢？"一个声音突然从身后传来。

还没来得及思考这是谁的声音，电脑屏幕上的窗口就已经被我关掉了。回头一看，杉本正微微俯身看着我。他不会已经躲在我身后看了很久吧？

"发现什么好玩的网页了？"他又问。

"没什么，打发时间而已。"要是被看清那是哪个网站，可就麻烦了。

"我正打算收集一些偶像电影的相关资料。"

"哦，你说的是那部以栗原优美为原型的动画电影吧？"

"嗯。"

"辛苦啦！"

杉本的脸上浮现出一种混杂着怜悯和优越感的表情。他大概正暗暗得意于"风水轮流转"呢吧。

不过照这么看来，他应该没看清刚刚那个网站的具体信息。

"你今天不是要和日星开会吗？"我问道。

"嗯，原本是这么安排的，不过他们刚刚突然通知会议取消了。"

"是日星提出取消的？"

"嗯，说是葛城先生无法参加。"

"葛城先生？"

"虽然我觉得今天的会议并没有重要到需要副社长参加的程度，但如果他不在，这个项目估计也没法顺利推进吧。"杉本说到这里，突然住了嘴，大概是觉得自己没必要跟我说这么多吧。接着，他打了个招呼就离开了。

我用指尖敲了敲桌子。看样子，哪怕是葛城胜俊这般见多识广的人物，在收到绑匪的勒索信后，也不免感到惊慌啊。此刻的他，估计正脸色苍白地坐在家里思考该怎么办吧。

中午，我在公司附近的咖啡店吃了午饭，然后一边喝着咖啡，一边思考该怎么收取赎金。

三亿日元可不是小数字。就算拿个巨大的麻袋，估计也装不下那么多现金。更何况，运输方式也是个大问题。

绑匪之所以会被抓，往往都是因为他们智商不足，无法设计出完美的赎金收取方法。而对警方来说，交付赎金的那一刻，也恰恰是抓捕罪犯的绝佳机会。他们一定会设想出各种各样的可能性。所以，一定要找出他们的破绽。

喝完咖啡后，一回到公司，我就发觉气氛有些奇怪。好几个人正慌慌张张地不知在忙些什么。我随手抓住一个入职时间比我晚的同事，问他知不知道这到底是怎么回事。

"不得了了，听说日星汽车的副社长要亲自过来呢。"

"葛城先生？来这里？为什么？"

他摇了摇头。

"我也不太清楚。他们好像突然接到了电话，所以负责新车活动的那些人都很紧张。"

"唔……"

我有点疑惑。这是什么意思？虽然是情人生的，但毕竟也是他的亲生女儿啊！女儿都被绑架了，他还有心情工作？

我能想到的唯一可能，就是葛城胜俊还没看到那封勒索信。他大概只是觉得这个不听话的女儿又偷跑出去玩了好几天而已吧。

那封信是没发出去吗？还是虽然发出去了，但他还没看到？后者倒也罢了，要是前者，可就麻烦了。这样一来，我就要先找出没能发送成功的原因。

我用座机拨通了家里的电话，想找树理问问她家的传真机有没有什么故障。回铃音响了三声后我才想起来，自己早上交代过她不要接电话。

没办法，我只能再次打开电脑，登上"CPT车主俱乐部"的网页查看留言板。

映入眼帘的一条留言让我差点尖叫了出来。

打算购买（SHULI）

大家好，我是SHULI。最近有人问我买不买CPT，我已经决定入手了。但是金额太大了，所以我还需要点时间来筹集资金。不过在此之前，我想先了解一下合同的具体细节。

"SHULI"这个昵称，应该不会只是巧合。更何况这段话的意思也很明显是愿意接受交易，所以我想，这应该就是葛城的回复了。
我正发着呆，突然肩膀被人拍了一下。 是小塚。

"社长……"

"抱歉，打扰你工作了。"他低声道，"我是想问问，你能一起来
一下吗？ 你应该也听说了吧，葛城先生过来了，我想让你一起参加
会见。"

我撇了撇嘴角。

"现在还需要我？ 我已经没用了吧？ 或者说，已经成为过去式
了吧？"

小塚有些疲惫地摇了摇手。

"别这么阴阳怪气的。 其实，是因为葛城先生说了句奇怪的话。"

"奇怪的话？ 他又说什么了？"

"他好像是说想看看游戏，具体什么意思我也不知道。"

"游戏？"

"嗯，在我们策划过的游戏中，他挑出了十个最具代表性的作
品，希望我们针对内容和开发理由做个说明。 虽然不知道他为什么
突然提出这个要求，但据说也是为了这次的新车活动策划案。"

"确实是够奇怪的。"

"我也这么觉得。 但他既然说了想看，我们也只能配合了。"

"那……找我做什么？"

"被挑出来的游戏，有一款是你负责策划的。 如果他问什么，还
是你直接回答比较好。"

"这样啊。"

　　罢了罢了，我叹了口气后，从椅子上站了起来。

　　真是个让人捉摸不透的人。既然他已经在留言板上回复了，就说明他定然收到并看过了我发出的勒索信。试问，世上有哪个父亲在得知女儿被人绑架后，还能若无其事地去上班呢？还是他根本就没把那封信当回事？虽然按照要求回复了，但其实也只是当成个恶作剧而已？或者只是单纯觉得为这种事而烦恼是件很丢人的事？

　　不，应该不是。树理确实失踪了，这么久没有得到她的消息，他肯定也会怀疑她是真被绑架了。

　　那他这么做，或许就是警方的建议了。也许警方对葛城胜俊说过这样的话："葛城先生，请务必先冷静一下。绑匪不会轻易伤害树理小姐，毕竟她对他们来说可是重要的人质啊。要是被媒体拍到您魂不守舍的模样，后果可就更严重了。所以葛城先生，请一定要装作什么事都没发生过，每天照常上班、照常工作。如果有新情况，我们会立刻联系您。家里只要留下夫人就行，剩下的事，交给我们就可以了，反正绑匪也不可能给家里打电话……"

　　话虽如此，他突然跑来我们公司听什么游戏策划案，多少还是会让我感到有些担心。他怎么突然想听这个了？难道已经发现绑匪就是这家公司的人了？不可能吧。

　　我坐在接待室里一边等着，一边在脑中思考。不久后，一阵敲门声响起，紧接着门就被打开了，只见葛城胜俊跟在接待小姐身后走了进来。

　　在单人沙发上落座后，葛城胜俊跷着脚，开始听"网络计划"员工的说明。他面前放着一台带有液晶屏幕的电脑，上面依次显示出各款游戏的概要及市场目标。当然，这些都不是为了迎接他的到来而现做的资料，而是开发初期用于演示汇报的既有资料。电脑旁边放着一台连着游戏机的小电视，上面正在播放已经投放市场的游戏。游戏控制器就放在葛城胜俊面前，但他似乎根本没有伸手去拿的意思。

我一边等着，一边仔细观察他的表情。虽然他一副兴味索然的模样，但提出的每一个问题都十分尖锐，可以说是一针见血：你们为什么要开发这款游戏？为什么觉得这款游戏有商业价值？当时是否也曾怀疑过自己的判断？几个同事被问得心惊肉跳，答得语无伦次。从他的样子看来，他似乎还不知道自己的女儿被绑架了。

终于轮到我了。我要介绍的是一款名为《青春面具》的游戏。

可以说这是一款人生游戏，玩家可以从角色出生起就决定其命运，但角色父母的身份是由系统决定的。玩家的第一个选择是：角色从父母身上继承什么样的基因及其性别。角色出生后，玩家就要继续选择要上哪所幼儿园、哪所小学以及哪所初中。除此之外，还需要决定每个阶段的学习内容、学习程度、和谁一起玩，等等。如果玩家只是单纯地认为"学习才是唯一的出路"，那就会陷入陷阱。这款游戏最有意思的地方在于，角色的脸会因为其人生经历的不同而出现微妙的变化。

"有种东西叫相面术。"我向葛城胜俊说明道，"简单来说，就是一个人的面相与其所处环境和过往经历息息相关。例如，如果我们将特定职业从业者的面相信息输入计算机，经过计算得出平均值，就会得到一张极具该职业特征的脸。例如政客的脸、银行职员的脸，甚至是风月女子的脸——这些都是真实存在的情况。面相不会决定命运,相反,是每个人的独特经历塑造了各自的面相。这个游戏的乐趣就在于,经历过不同的人生后,最终得到的脸也会有所不同。"

"问题不在于脸。"葛城胜俊接过了话头,"如果按照你的这个说法,那么人脸就只会是最终呈现出来的结果,但我不认为人活着就是为了拥有一张脸。"

"您说得对,所以我才觉得这是游戏的乐趣所在。人活着不只是为了拥有一张脸——的确如此。不过脸在我们的一生中其实也起了极其重要的作用。走到人生岔路口的时候,影响我们命运的有时恰恰就是自己的脸。例如求职面试,或是相亲。许多女孩为了出道,早在十几岁时就做过整容手术。在这个游戏中,玩家会带着这张基于种种生活经历而形成的脸,在各种人生阶段做出选择。那些一辈子只知道学习,基本不与人打交道的人,看起来就是一副有些精神失常的模样。这种人给人的第一印象不好,在面试和相亲等场合自然也很难得到对方的青睐。所以古人才会说:要对自己的脸负责。"

"如果这么说,那一个因为选择错误而无法得到期望面相的玩家,最后就只能因挫折而放弃吗?"

"现实生活中不也正是如此吗?不过既然是游戏,当然还是有所不同的。我们为玩家准备了一个秘密武器——面具。在需要的时候,玩家可以给角色戴上特定的面具。这个面具是玩家当时面相的复制品,只不过可以对其进行少量变形。如果觉得角色的面相太过冷淡,可以通过变形使之看起来更和善一些。不过,面具是有使用上限的,玩家不能一直戴着。想要改变角色的面相,还是需要通过玩家自己的努力。这个游戏的最终目标是找到幸福。所以玩家要不停地摸索，找到适合自己的面具。"

我好像说得太多了，不禁开始担心葛城胜俊到底有没有在认真听我说话。不过，或许他此刻本来也没什么心思认真听人说话。

"就是不知道销量如何。"葛城胜俊开口道，"这个创意不错。经历塑造面相，面相又决定了命运。从某种程度上来说，也许这就是我们的人生。"

"您过奖了。"

"不过，重要时刻戴上面具的做法，究竟是否可取呢？对不擅长交际的年轻人来说，面具或许是个好东西，但哪有人能一辈子不经受挫折呢？甚至可以说，挫折是人类的必需品。"

"但这只是游戏而已……"

"就算只是游戏，也必须让人意识到自己的能力不足，这很重要。"葛城胜俊靠在沙发上，双手交叉放在膝盖上，抬头看着我说道。

"我想问你一件事。"

"您请问。"

"你会对自己的脸负责吗？"

我一时之间不知该如何回答，因为不知道他到底想问什么。

"我是这么认为的。"

"也就是说，你觉得现在这张脸，是可以给你带来幸福的脸？"

"这个……怎么说呢？"我露出了一个礼貌性的笑容。

葛城胜俊看着我，好一会儿才把目光转向小塚。

"谢谢。下一位吧。"

Chapter 7

第七章

这是在以绑架为题材的小说和电影中必定会出现的场景。一旦受害者要求确认人质安全，绑匪就要绞尽脑汁躲过警方的侦查。这应该可以说是警方与绑匪之间的第一次正面对决。一些大胆的绑匪，甚至会通过电视直播来告知对方人质的情况。

回到公寓时，树理正在厨房里鼓捣着。我一闻味道，马上就猜出她做的是什么菜了。

"家里有奶油炖菜的食材？"我站在厨房门口问道。

树理穿着我的衬衫和运动衫，腰间还系了一件 T 恤充当围裙，不停地在锅中搅拌着。

"我翻了冰箱，有些菜都快烂了，不过勉强可以吃。"

我想起来了，那些菜原本是打算用来做焗菜的。

"今天没见过任何人，也没接过任何电话吧？"

"没有啊。为了不让邻居发现，我把电视的声音调得很小，就连走路都蹑手蹑脚的，尽量不发出脚步声。白天电话响过几声，但我没有接。"

应该就是我打的那通电话了。这么看来，树理还是很警惕的。

她正在小心地调节着火候。这只煮炖菜的大锅，从买回来开始，算上今天才用过两次。

"没想到你还会做饭呢。"

"也不算多拿手，单纯只是因为太无聊了。你饿了吗？"

"我吃过了，这个是给你买的。"我举起纸袋说道。

"什么东西？"

"便当。"

她接过纸袋，打开一看就兴奋地瞪大了双眼。

"'安万'的便当，太棒了！这家饭店的厨师长经常上电视呢。那我就吃这个吧。"

"那奶油炖菜怎么办？"

"随你便啦。"树理说着，就回到灶台旁关了火。

我到卧室换好衣服再回到客厅时，她已经开始吃起便当了。她似乎对里面的每一道菜都十分满意，边吃边如数家珍地给我讲解起来。我打开一罐啤酒，边喝边听。

"对了，我今天见到你爸爸了。"

她停下筷子问道："在哪里？"

"他来我公司了。真不知道他怎么想的，女儿都被绑架了，还有心情工作。我觉得应该是警方提醒他要保持镇定吧。可那不是应该待在自己的公司里吗？"

"他根本就不在乎我。"

她继续吃了起来。

"不管他究竟是怎么想的，至少已经意识到出事了。他回复我了，可见他已经看过那封勒索信了。"

"真的吗？他在网上回复了？"

我打开电脑，连上网络，接着登上那个网站。

"哦，他有新留言了。"

除了我白天看到的内容外，留言板上还增加了这条帖子：

我想先确认一下质量（SHULI）

我是新来的 SHULI，正打算买一辆二手的 CPT，不过我想先亲眼确认一下车子的质量，比如车身是否有划痕、发动机是否有噪声，等等。确定都没问题后，我再付款。大家觉得如何呢？

树理又一次停下筷子，盯着屏幕。

我看着她的侧脸问道："好了，你怎么说？树理小姐。"

"所以这是……"

"就是想确认一下你是否安全，然后才会答应交易——只有这个解释了吧？"

"你觉得呢？"

"我该怎么做才好呢？"我坐在沙发上，伸直双腿，喝了一口啤酒。树理看着我。

敌方会提出这种要求，很可能是出于两种原因：其一是真的想看看人质是否安全，其二则是想让绑匪露出马脚。敌方，也就是警方，现在一定非常希望接到绑匪的电话。只要树理接听电话，他们就可以查到信号源，还能同时掌握一些重要信息。现在，葛城家的电话上或许已经装好了录音设备之类的先进仪器，刑警们正戴着耳机在一旁等待。

这是在以绑架为题材的小说和电影中必定会出现的场景。一旦受害者要求确认人质安全，绑匪就要绞尽脑汁躲过警方的侦查。这应该可以说是警方与绑匪之间的第一次正面对决。一些大胆的绑匪，甚至会通过电视直播来告知对方人质的情况。

仔细想想就会发现这很不合理。绑匪有什么理由要听从受害者的要求？绑匪只需提出要求就可以了。一旦交易被取消，头疼的可是受害者啊。所以在这场游戏中，我完全可以忽略这样的要求。只要乖乖付钱，人质的安全就能得到保证，等她回去就知道了——我只要这么回复就够了。我在想是不是可以用邮件来传达这句话，因为在留言板上发帖的"SHULI"附上了自己的邮箱地址——他肯定也觉得我们想发邮件。

"肯定不能打电话吧？"树理问道。

"打了可就全完了。"

"我也觉得。"

"你要打电话吗？"

她摇了摇头。"怎么可能？"

"现在这个时代，再蠢的绑匪都知道不能打电话。不过，要是做了这种蠢事，反而还挺有意思的呢。"

"有意思？"

"因为这是场游戏啊。不会有人想玩没意思的游戏吧？不过，光打电话可就太亏了。"

如果打电话，那我一定要顺便捞点什么好处才行。我现在最想要的好处就是扰乱调查。那又该怎么做呢？

就在我皱着眉头想办法时，树理突然小声开口道："那个……"

"怎么了？"

"说到电话……我想起来了，我好像闯祸了……"

树理很少会这么低声下气，这让我有了一种不祥的预感。我看向她的目光也逐渐变得犀利起来。

"你昨天不是问过我，离开家后有没有给谁打过电话吗？"

"啊！你不会和谁说过吧？"我惊得从沙发上站了起来。

"说倒是没说过……只不过打过电话。"

"什么意思？"

"我有个朋友叫小雪。我本来想去她家的，所以给她打过电话。别用那种眼神看我，我当时也不知道会变成这样啊……"

"行，你继续说。"我的头都开始疼了。年轻女孩总是这样。

"没人接电话。后来我才想起来小雪这个月去美国了，不在家，于是我给她留言后就挂断了。"

"你不会在留言里说了什么吧？"

听到我的问题，树理一脸羞愧地低下了头。我烦躁地抓了抓头。

"你到底说了什么？"

"我说的是'我是树理，我忘了你去美国了'。"

"然后呢？"

"就这些，然后我就挂断了。"

我重新坐回沙发上，皱着眉头，伸了个懒腰。

"你怎么现在才想起来这件事？"

"我什么都没说啊，所以根本没放在心上。"

"听着，留言电话会详细记录下来电的日期和时间。小雪一旦从美国回来，就迟早会听说这起绑架事件，甚至还可能进行详细调查，毕竟被绑架的可是自己的好朋友啊！到那个时候，如果她再听到电话里的留言信息，你觉得她会怎么想？都被绑架了，还有闲心给自己打电话？她不会觉得奇怪吗？"

"应该没关系的。她一向大大咧咧的，应该不会注意到时间问题。"

她还没说完，我就摇了摇头。

"我要的是'毫无破绽'。'应该没关系'——你觉得这种含糊的说法能让我信服？能让我毫无顾虑地继续下去？"

"那你说怎么办？"树理生气地问道。

我用大拇指和食指揉着双眼的眼眶，烦躁的情绪甚至让我泛起了一阵轻微的恶心感。

"我决定了，计划终止，游戏结束。"

"你这也太……"

"不然呢？万一小雪注意到时间问题，并说出去了，怎么办？万一听到的人出于好心报了警，警方马上就会意识到这可能是一桩精心策划的假绑架案，然后马上对你进行审讯。那不就全完蛋了？"

"我绝对不会说出去的，死都不会说。"树理一脸坚定地说道，像是在表达决心一般，说完便紧闭双唇。

"警方的审讯可没那么容易对付。虽然我没经历过，但至少他们还不至于拿你这么个小丫头没办法。"

大概是不喜欢被人叫"小丫头"，树理不由得皱起了眉头。不过，我可没心情哄她。喝完啤酒后，我用力捏扁空罐子。

既然计划已经终止，那就得赶紧让树理回家，以免再生事端。当然，不能就这么回去，因为既然勒索信都已经发出去了，那么警方也很可能已经开始采取行动了。所以我就得编个故事，说自己受了树理的蛊惑，配合她玩了一场假绑架的游戏。问题在于如何说服树理。

"嗯，我有个提议。"

"你先等等，我也有个提议。"

"我不想听什么终止游戏的提议。"

我抬头看着天花板，像外国电影演员一样举起双手。

"我会删除掉的。"她无视我的手势说道。

"删除？删除什么？"

"那条留言。只要我成功删除了，就不会再有问题了吧？"

"你要怎么删除？这可是别人家的电话。"

"小雪说过，她在美国期间，我可以随意进出她的房间，而且我也知道她家的钥匙藏在哪里。"

"她家在哪里？"

"横须贺。"

"横须贺？你确定要去那么远的地方？"

"开车也就一个多小时而已，快去快回不就好了？"

"说得简单，要是物业或者邻居发现这家的主人不在，却有可疑之人进出，肯定会觉得不对劲的。"

"我当然会很小心。不过你最好别跟上来，因为那是一栋女性专用公寓。你就在横须贺港等我吧，那边有很多船，风景还不错。"

"真是异想天开。"我冷哼了一声，与此同时，脑中浮现出横须贺市的模样。

突然，一个想法冒了出来。

第八章

目前最大的问题在于该如何收取赎金。毕竟那可是三亿日元啊，无论是体积还是重量，都不容小觑。我还得找辆车来运走。但一旦开车，就很容易被警方追查到踪迹。更何况，我对拿着一堆钞票逃跑这种原始方法也毫无兴趣。

生活在东京的人，几乎都不会开车出门。即使是和女人约会，我也不怎么喜欢开车。除了不想忍受东京的拥堵之外，还有一个重要原因——不能喝酒。而且我开的是丰田 MR-S，只有把车顶折叠起来，变成一辆敞篷车，开出去才有意义。

不过，如果想悄悄往返横须贺，我们就不能选择出租车。我让树理坐上副驾驶座，然后驾车离开了公寓停车场。当然，车顶依旧是合拢的状态。虽然理论上只要一开出东京，空气就会变得很清新，但今晚可不是打开车顶享受清新空气的时候。

"你喜欢这种车？"刚开出没多久，树理就问道。

"哪种车？"

"双座跑车啊。"

"不可以吗？"

"也不是不可以……"

"因为我的车上不需要容纳三个人。我可不想带个男人开车兜风，车上只要坐个女人就够了。"

"要是有行李怎么办，放哪儿？"

"你座位后面的空间足够放个爱马仕凯莉包了。"

"那万一带的行李比较多呢？"

"我买车是为了开出去玩，不是为了载货。"

树理听完，便不再说什么了。她似乎耸了耸肩，但我没看清楚。

"我可以听听这张 CD 吗？"

"随意。"

不出所料，音乐声响起没多久，她就有点不屑地问道："这是什么？我从来没听过。"

"一位爵士钢琴家演奏的巴赫的曲子。"

"嗯……"她显然对这种音乐很排斥，但并没有关掉音响。MR–S 车型不带离合器，我握住闪着银光的操纵杆，换挡、加速。

树理说得没错，从箱崎上首都高速公路，大约一个小时后就抵达了横滨的横须贺道路。在横须贺高速口下高速，车辆驶入本町山中道路，几分钟后就开到了汐入站附近。

"停在家庭餐厅的停车场里。"

按照树理的指示，我把 MR–S 停在了那边的停车场。

"你在这里等着，我一个人上去。"

"离这里远吗？"

"走过去有点距离。但是你的车这么显眼，要是开到公寓附近，难免会被人注意到。"

她说得很有道理。我将自己的手机号码告诉她，交代她有事可以随时给我打电话，接着就目送她离开了。穿过宽敞的国道后，树理很快就消失在一条狭窄的小巷里。

　　我在家庭餐厅里一边喝着劣质咖啡，一边思考接下来的计划。我怎么也没想到，树理居然给朋友家的电话留言了。不过，只要她能成功删除那条留言，我们的计划还是可以继续进行下去的。

　　目前最大的问题在于该如何收取赎金。毕竟那可是三亿日元啊，无论是体积还是重量，都不容小觑。我还得找辆车来运走。但一旦开车，就很容易被警方追查到踪迹。更何况，我对拿着一堆钞票逃跑这种原始方法也毫无兴趣。

　　能不能让葛城胜俊提供与三亿日元等值的东西，收到后再兑换成现金呢？例如，可以让他准备价值三亿日元的钻石。如此一来，运输就不成问题了。不过，为了能在到手后尽快兑换现金且不被任何人怀疑，我就要控制每颗钻石的市值不超过一百万日元。按一百万日元的单价来换算，那就得让他准备三百颗钻石……

　　我摇了摇头。一两颗也许还能兑换成现金，但三百颗……可以说几乎不可能。假设我在一家珠宝店里卖掉两颗，那么要卖掉三百颗钻石，就必须跑完一百五十家珠宝店。这些珠宝店的老板大都会互通消息，如此一来，"有个奇怪男子四处出售来路不明的钻石"的消息就会迅速传开。估计等我走到第五家珠宝店，就会遇到埋伏在那里的刑警了。

　　那使用银行转账呢？当然，我需要为此准备一个虚拟账户，但这并不困难。网络上多的是从事虚拟账户交易的公司。唯一的问题在于，收到钱后该怎么提取出来。不能去银行柜台，那就只能依靠自动取款机之类的设备了。但每天的提取金额是有上限的，那就意味着就算使用多个账户，也要花上好几天才能取完三亿日元。警方自然会事先要求银行密切监视绑匪指定账户的动向。可能在我费尽心思分几十次使用银行卡取现的过程中，警方的大网也正在慢慢收紧。更何况，如此一来，我也肯定会在银行的监控摄像头上留下证据。

我正想着，就听到收银台旁的电话响了。一位穿着工作服的年轻服务员接起电话后，一脸吃惊地拿着无绳电话跑了出去。不多久，他又折返回来，匆匆忙忙地跑到柜台后面，很快就消失不见了。

不一会儿，一个看起来像店长的胖男人和刚才的服务员一起出来，又一起跑了出去。再次返回店里时，他们明显有些不知所措。

两人低声商量了一会儿，便分头走向不同的桌子，和每张桌子前的顾客说着什么。不久后，年轻服务员来到我的餐桌旁。

"那个……"他小心翼翼地开了口。

"有事吗？"

"您今天是开车来的吗？"

"是啊。"

"请问是什么车呢？"

"MR-S。"

"MR……"

看样子，他似乎没听说过这个车型。

"一辆深蓝色的跑车，带顶篷。"

服务员听完，明显脸色一变。"那个……您的车是品川牌照吗？"

"对……"一种不祥的预感涌了上来。

我起身问道："发生什么事了吗？"

"就是……您的车被人喷漆了。"

他话还没说完，我就迅速跑了出去。

走到店外一看，我就呆住了。不知哪个混蛋，在车子的一只头灯上喷满了红色油漆。"到底是哪个蠢东西……"我忍不住咬着牙低吼了一声。

我一动不动地站在那里俯视车灯，双眼似要喷出火焰。就在此时，服务员不知拿着什么东西跑了过来。"那个，您先用这个应应急吧……"

我一看，是挥发油和毛巾。我没心情道谢，接过来后，便立刻用浸有挥发油的毛巾擦拭头灯。所幸油漆应该是刚被喷上没多长时间，玻璃部分倒是一下子就擦干净了。至于车身部分，我就不打算用力擦了，好在车身上的油漆也不太多。

"嗯，这个……"店长模样的胖男人不知什么时候出现在我身后，"停车场发生的问题，不在我们的职责范围内。"

"知道，我也没打算让你们赔钱。"我说着，将毛巾和挥发油递给服务员，"非常感谢。"

"需要报警吗？"服务员问。

"不用了，我不想搞得那么兴师动众。"要是叫来警察，那可就麻烦了。

"行了，你们先回去吧。"我下意识地看了看四周，那个混蛋应该已经走远了。

"这附近还从未发生过这种事。"胖男人还在试图解释。我没有回答。

回到店里后，我也没什么心情再喝咖啡，匆忙付过钱就出去了。我决定上车等树理。一看到车身上的油漆痕迹，我就忍不住觉得烦闷。虽然这辆 MR-S 还很新，但我已经开始微微有些嫌弃它了。

大约十分钟后，树理回来了。见她正准备进餐厅，我连忙按了下喇叭。

她立刻明白过来，并上了车。听说我的车被人喷漆的事情后，她非常惊讶，特意下车去看了看。

"太过分了！应该是暴走族干的好事吧？"再次坐回副驾驶座位上后，她生气地说道。

"那些人最近已经不屑于干这种偷偷摸摸的事了，八成是附近的小学生或初中生干的。"

"有可能。"

"对了，你那边怎么样？顺利吗？"

"完美。"树理说着，还做了个 OK（好）的手势，"钥匙还放在原来的地方，我一下就进去了，留言也顺利删除了。"

"没被人看见吧？"

"你觉得我会犯那种错？"

"那我就不知道了。不过我觉得，过了这么久才想起给人留过言，这本身就是个非常严重的错误了。"

"我这不是记起来并成功删掉了吗？"

"嗯，还大老远地跑到横须贺来了。"我发动了汽车。

离开停车场后，我没有原路返回，而是开向了与来时相反的方向。

"你要去哪里？"

"别问，交给我就行。"

我以前来过横须贺。我凭借记忆打着方向盘。即便是只走过一次的路，我也能记住八成左右，这是我一向最引以为傲的地方。

离开拥挤的国道，我沿着小路开进了山里。这里已经靠近森林了，所以四周也看不见什么人家。很快，斜前方出现了一栋泛着淡绿色光芒的建筑，旁边还有个停车场标志。我开始减速。

"你要做什么？"她尖叫道。

"闭嘴。"

"你让我怎么闭嘴？你可从来就没说过要带我来这种地方。"

我没理会树理。把车停在路边后，我拉起手刹，关掉发动机。

"好了，下车吧。"

"去哪儿？"

"这还用问？当然是那栋漂亮的建筑啊。"

但树理甚至不打算解开安全带，只是身体僵硬地看着前方，表情也十分僵硬。我低声笑道："奇怪了，你最近不都住在我家吗？孤男寡女共处一室，也没见你有什么顾虑啊，怎么跟我去个情人旅馆就吓成这样？"

"因为来这里……"

"因为来这里都是那个目的，是吗？"

树理没有回答。我又笑了。

"别误会，我来这里是为了做件重要的事，我们需要一个单独的房间。"

"重要的事？"

"当然是为了我们的游戏。不然你以为我大老远跑到这里，只是为了删除那条电话留言吗？"

树理这才露出了如释重负的神色，有些疑惑地动了动下巴。

"那你为什么不把车停到停车场里去？"

"这些酒店的停车场通常都装有监控摄像头，甚至可以记录车牌号。我们接下来要做的事情比较特别，不能在这里留下记录。"

"哦……"她意味深长地点点头，看着我。

"你对这种地方很了解嘛。"

"我以前给这类酒店做过咨询。"

我和树理并肩走进酒店，一路谨慎地躲避着摄像头。进门一看，房间的装修比较朴素，只用了单一的色调。我先过去开了窗，这才发现本以为只是身在山中，没想到大海也已近在咫尺，时不时还能听到微弱的汽笛声。

"你想在这里干什么？"

"你很快就会知道的，先在那张漂亮的沙发上休息会儿吧。"

但树理没有坐在沙发上，而是爬上盖着被罩的床。她饶有兴趣地环顾整个房间，不知是因为第一次来这种地方，还是在和去过的其他地方做比较。

我坐在沙发上，拿出笔记本，用圆珠笔写了起来。

"你在写什么？"

"等一下。"

她在床上蹦了起来，估计是想感受一下这床有多软，然后就用桌上的遥控器打开了电视。换了几个频道后，屏幕上出现了成人电影的画面。年轻的女人赤身裸体，大张着双腿，男人则正一脸享受地在她身上抚摸着。当然，关键部位都被打上了马赛克。

树理一脸慌张地关掉了电视。

我忍俊不禁道："没想到你还这么纯洁呢。"

"这种东西太无聊了，我不想看而已。要是你想看，我再开起来就是了。"

"不用了，谢谢。我正在处理一件很重要的事情。"

"嗯。"树理的双腿一会儿交叉，一会儿又放下。

"男人都是变态。那种东西有什么可看的！"

"女人不也有喜欢看的？"

"跟男人比可差得远了。尤其是那些大叔，简直就是蠢货。兜里都掏不出几个钱，居然舍得花几万日元去找援交小姐，简直是疯了。被女孩玩弄还不自知！"

"玩弄？你还知道这个词呢？"我停下手中的笔，抬起头说道，"你真是这么认为的？那些大叔都很蠢，被女孩利用了？"

"难道不对吗？"

"你要明白，这个世界上的绝大多数中年男人都过着很拮据的生活，他们比任何人都清楚一万日元钞票的分量。愿意付钱，就代表他们认可这件事的价值。"

"你的意思是……"

"你不是觉得他们为了追求肉体愉悦而不惜花那么多钱，是件很愚蠢的事情吗？其实不然。直到不久前，和外围女高中生共度一夜春宵对普通人来说还是件遥不可及的事情，就算花上几十万日元也未必能实现。但现在，这些男人只要花上几万日元就能满足心愿了。这对他们来说，和降价大甩卖有什么区别？谁能忍得住这种诱惑？这就是那群大叔内心的想法。真正愚蠢的是那些年轻的女孩，她们以低贱的价格出售了价值数十万甚至数百万日元的东西。她们降价甩卖出去的不仅是肉体，还包括自己的灵魂。"

"没有出卖灵魂吧，她们不都说只是出卖自己的身体而已吗？"

"那只是为了说服自己而已。她们当然不会对那些大叔付出真心，但那又如何呢？那些大叔会怜香惜玉吗？他们只会一边抱着如花似玉的小姑娘，一边暗暗得意：她肯定很不甘愿吧？不过谁在乎呢，我已经支付了足够多的费用……所以，那些大叔会觉得只要付了钱，就可以随意践踏那些女孩了。这不就是在贱卖灵魂吗？"

不知是因为我说得太快，还是因为根本听不懂，树理低着头没有说话。我叹了口气。

"在我看来，这个世界上有一些比金钱更宝贵的东西，例如人心和时间。金钱无法改变一个人的心，也无法买回失去的时间。只要能对这两件事有利，就算花再多的钱，我也毫不吝惜。"我从笔记本上撕下一页纸递给她。

"好了，闲话少说，我们继续行动吧。正如我刚刚所说，时间比金钱更宝贵。"

"这是什么？"

"看看就知道了。"

看完字条上的内容，树理缓缓抬起头，一脸紧张地问我："在这里打电话？让我打？"

"没错。既然他们想确认你是否安全，那就让他们亲耳听到你的声音吧。"

"为什么要特意跑到这里来打电话？"

"有两个原因：一是担心被对方查到信号源，二是有汽笛声。我不知道他们的录音设备精度如何，要是能录到汽笛声就更好了。警方一定会努力分析那是什么声音，等他们明白那是汽笛声后，就会认为绑匪藏在海边，甚至可能会根据汽笛声的类型来推断是横须贺的军港。"

"简单来说，就是为了扰乱警方的调查？"

"就是这个意思。"

我拿起床边的电话，按了几个数字。紧接着，我的手机响了。我看了一眼屏幕后，挂断了电话。

"这是干什么？"

"确认对方的电话上会不会显示号码。没问题，你可以打了。"我把电话递给树理。

她交叉双臂，盯着电话看了一会儿，接着舔了舔嘴唇，抬起头。

"可接电话的未必是我爸爸啊。"

"我相信你爸爸会接电话的，万一真是别人接的，就叫对方马上让葛城先生接电话。一般这种情况下，我们只需要等待十秒。一定要事先告诉对方这一点。一旦超过十秒，你就挂断电话。"

"爸爸肯定会问我很多问题。"

"当然会。不过我们没时间跟他说太多废话。你就说自己不能回答那些问题，只要照我纸上写的内容念就好。"

"好。"她缓缓闭上眼睛，过了一会儿再次睁开后说道，"我试试。"

我指了指电话。树理似乎咽了下口水，接着深吸一口气，伸手去拿听筒，用颤抖的指尖按下了几个数字。与此同时，我的心跳也不由自主地开始加速。我不停地在心里确认有没有漏洞。

回铃声从树理的耳朵与听筒之间传出。响了三声后，电话似乎接通了。话筒中传来了一个人的声音，但目前还不清楚是不是葛城胜俊。

"啊？爸爸？是我。听出来了吗？我是树理。"她看着我写的字条说道。

话音刚落，电话那头就传来一阵非常激动的声音。树理一脸无奈，深吸了一口气。

"对不起，我现在没时间跟你说太多。能明白吗？我现在不是一个人……没办法回答这些问题。总之，你先听我说，时间快到了。"

我盯着时钟上的指针。已经过去十五秒了。

"我很安全，你不用担心。他们说只要收到你的钱，就会放我回家……啊，对不起，好像要到时间了。"

我的手指放在了电话按键上。就在我准备在两秒后挂断电话时，远处突然传来了汽笛声。接着，我立即挂断电话。

"很好！"我握起拳头挥了一下。起身关窗后，我回头看着树理。

"我们的运气可真不错，汽笛声响得正是时候。"

然而，树理的模样却显得有些奇怪，正浑身发冷似的弓着腰。

"怎么了？"我坐到她身边。她的身体似乎在微微颤抖着。

我正打算关心她一下，突然就被她紧紧地抱住了。

"我终于还是这么做了，已经没有回头路了。"树理将脸贴在我的胸口低声说道。

"你害怕吗？"

树理没有回答。我也没有动，静静感受着手腕处传来她身体的微颤。

"不怪你。"我安慰道，"我们在做的毕竟不是一般的事情，也不是一般人会做的事情。同样，我们能得到的，也不是一般的回报。"

树理轻轻点点头，抬头看着我，眼眶似乎有些湿润。

突然，一种从未有过的奇妙情绪涌上我的心头。或许，更应该称其为"冲动"。甚至，连我自己都未曾察觉的某种情感——不，更准确地说，其实有所察觉，只不过被我刻意避开了——也开始在我心中涌动。

我用力抱住了树理。她惊讶地睁大了眼睛。

我的脑海里闪过各种念头，其中有不少念头是说服自己"这样做对我更有利"。我也想过，此时抱紧这个女孩并不会对计划有任何不利影响，反而会让彼此的关系变得更亲密，也让计划进行得更顺利。

不过，我还是松开手臂走开了。这不是我想要的。现在，我正在挑战有生以来最重要的游戏。

"总之，先离开这里吧。虽然他们应该没那么容易查到这里的信号源，但也没必要一直待在这里。"

树理默默地点了点头。

回到车上，我发动了引擎，正准备加速，旁边的树理突然说了句"等一下"。我又踩下了刹车。

"我有个请求。"

"什么？"

"能不能陪我到附近的一个地方走一趟？"

"还有什么事吗？"

"不是，只是因为喜欢那里。我妈妈生前曾带我去过。我想平复一下心情……拜托了。"

树理双手合十恳求我。我不由得感到有些惊讶，看不出这女孩居然还有这样的一面呢。

"远吗？"

"我觉得不远。"

"我想尽快离开这里。"

"没问题的，我说的不远，指的是车程不远，但至少也不算近。"

"嗯。"我松开刹车踏板。汽车开始缓慢移动。

"记得路吗？"

"应该记得吧。"

我叹了口气。"那你来指路吧。"

"好的。先回到刚才那条路上。"

"没问题。"我踩下油门，猛打方向盘。

接着按照树里的指示，车子继续沿着国道行驶，最后来到一条海滨公路上。左边是大海，右边是绵延的小山丘。不久后，树理就让我右转。我依言转动方向盘，继续驾驶。前方的路越来越陡峭。

"越走越高了，你确定没走错路吧？"

"不用担心。"树理很有自信。

越往里开，就越是人烟稀少。周围没有任何遮挡物，我们的目光似乎已经直达地平线了。终于，前方的道路一片平坦，大约是已经爬到坡顶了吧。

"就停在这里吧。"

树理说完，我踩下刹车。四周一片漆黑，前后都看不见任何车辆，不过我还是自觉地靠边停车了。

"那个……"树理看着我，指着车顶说道，"这个，能开一下吗？"

"在这里？"

"就是因为在这里才要打开。"

我犹豫了一下，还是按下了按键。车篷缓缓向后收起。一阵凉风拂过我的脸颊，混合着青草与泥土的气息。

"看，太美了！"树理仰着头，兴奋地指着天空说道。

"哦！"我呆呆地看着。这里的夜色真的太美了。在浩瀚广袤的墨色中，万千星光或明或暗地点缀其上。这一幕，堪称完美。那夜空，深邃得仿佛要把我吸进去一般。

"我想说句很俗气的话……"

还没等我说完，树理就忍不住打断了我。

"你不会是想说，这里看起来就像个天文馆吧。"

我仰着头苦笑。确实，这个比喻也太老套了。

"有点遗憾，我对星座几乎一无所知。"

"我只知道猎户座。不过，有什么关系呢？"她张开双臂，深吸了一口气，"太舒服了。这里真不像日本。"

我又看了看四周。山丘和山谷都隐入了淡淡的黑暗之中。正前方应该是一片田野。

"大海在哪个方向？"我突然问道，不过也只是随口问问而已。

"那边、那边，还有那边，全都是海。"树理指着三个方向答道，"因为这里是三浦半岛最靠近大海的地方。"

我点点头。从刚刚开来的方向看，确实如她所说。

"你的心情平静一点了吗？"

"好多了，谢谢你。"树理微笑着看着我说道，紧接着又突然眨了两下眼睛，"可以问个问题吗？"

"这次又是什么问题？"

"你刚才是想抱我吧？"

我被这个问题惊得屏住了呼吸。从她身上移开视线后，我才缓缓开口。

"不是你先抱过来的吗？"

"我说的不是这个……"她停了一会儿后，又继续说道，"你知道我说的不是这个。"

我没有回答，轻轻活动着放在方向盘上的右手指尖。

"为什么住手了？怕在那里待太久会很危险？那也就是说，如果时间充裕，你就会好好抱抱我，是吗？"她低声问道。我从没想过这个问题。

"那你先回答我一个问题。"我看向她，嘴角露出微笑，"你为什么抱我？虽然打电话给家里这件事让你感到很害怕，但我充其量只能算是你的同伙吧？"

树理低垂着眼睛，片刻后再次抬眼看着我。

"因为我想相信你。现在这个情况下，你是我唯一可以依靠的人了。"

她眼里真诚的光芒让我瞬间有些不知所措。刚才在情人旅馆里滋生出的微妙情愫，似乎又在我胸口蔓延开来。

"这是斯德哥尔摩综合征。"我开口道。

她微张着嘴，似乎想问"这是什么意思"。我还从未见她如此天真可爱过。

"据说，因为长期待在一起，绑匪和人质双方都会生出一种情感认同的感觉，因为双方都想尽快解决问题。这种心理被称为'斯德哥尔摩综合征'，'007'的电影里就曾提到过。"

"我不是人质，你也不是绑匪。"

"但本质是一样的，都是在特殊的情况下被孤立。虽然我们是假绑架，但我们和真绑架案里的人一样，都希望能快点拿到赎金，顺利了结事情。所以我们俩的关系，与那些绑匪和人质的关系并无差异。"

树理摇了摇头。

"也有完全不一样的地方。"

"什么？"

"人质和绑匪之间不需要也不该有情感认同，但我们不一样。"

我舔了舔嘴唇，轻轻点了点头。"我们确实需要情感认同。"

"对吧？所以我想确认一下……和你之间的情感认同。"

树理紧紧地盯着我。我已经懒得克制自己了，更何况此时此刻，这种克制也毫无意义。

我用左手揽过她的脸，对上她的唇。在我的唇落下前，她已经自觉地闭上了眼睛。

接下来的事，就只不过是顺势而为了。等我吻上了她的唇，我自然就会想将舌头伸入她口中。只要她不反抗，我的手就会贴上她的胸。如果依旧毫无阻碍，下一步自然就是伸进她的内裤里了。

我本想建议换个地方，但迟迟没有找到合适的机会开口。万一听我这么一说，她一下就变得兴致全无了，可怎么是好？我一边享受着她口中的甜美，一边还在脑中不停地琢磨这究竟是不是斯德哥尔摩综合征。打电话回家和父亲交涉一事，对树理的内心产生了极大的刺激，她也因此陷入了极度的焦虑之中。眼前这个男人很重要——只有不停地给自己这种暗示，她才能重新站起来。

那我呢？我喜欢这个女孩吗？怎么可能？我怎么可能干这么蠢的事？我对树理的关心，绝不可能是因为爱。我们是两个世界的人，根本没有在一起的可能。只是因为她是个年轻女孩，所以我才会对她产生原始的性冲动。但我知道，我不能对她提出这种愚蠢的要求，所以我从未透露出一丁点这种意思，而且也打算一直克制到最后一刻。

既然已经进展到了这一步，我自然也很乐于接受。我和她一样，也想让自己更安心。为了在这场重要的游戏中获得胜利，我们必须毫无保留地信任对方。男女之间，想要得到无条件的信任，想必就离不开身体上的接触吧？说得极端一点，这可能是一种错觉。哪怕只是一时冲动或是一种形似爱情的假象也没关系。这就是斯德哥尔摩综合征的真面目。

不过，当树理不知从哪里掏出一个避孕套时，我还是略有些吃惊的。应该是从刚才的情人旅馆里带出来的吧？可见她已经预料到会发生这种事了。我甚至忍不住怀疑，利用肉体关系来加强合作，对她来说或许早就是司空见惯之事了。

在狭窄的车厢里，我们的身体紧紧地贴在一起，互相刺激着彼此的黏膜。我总觉得树理在性爱方面很有经验，也很知道该怎么获得快感。

一番云雨过后，树理下了车，说要去扔垃圾。但她并没有立刻回来，我穿好裤子，开了车门。

她就站在不远处。我站在她身后问道："你在干什么？"

"哦，没什么。只是想看看风景。"

我顺着她的视线望去，似乎隐约能看见大海。

收回目光时，有个东西跳进了我的视野。我不由得扑哧笑了一声。

"怎么了？"

"看！那边有一座地藏菩萨像。"

她听完，好奇地转身看了过去。

"真的吗？我还从没注意到呢。"

"你刚刚不是还说这里不像日本？"

　　"对啊。"树理的眼神似乎变得柔和了许多。随后，她突然抱紧了我的手臂。

　　"有点冷了，我们回去吧。"

　　"嗯。"我点点头，又给了她一个吻。

第九章

说实话，对于和她发生了肉体关系这件事，我是有些后悔的。倒也不是有什么特别的原因，既不是觉得自己破坏了游戏规则，也不是因为碰了重要"商品"而觉得愧疚。单纯只是觉得自己似乎埋下了一个隐患，做了一件无法挽回的事。当然，这只是一种直觉。

回到公寓时，已经将近凌晨三点。短短一晚上，我带着树理往返于东京和横须贺，让树里给家里打了电话，甚至还在车里和她发生了关系，身体早就已经疲惫不堪，却又丝毫不觉得困。好在明天是周六。过去负责"汽车公园"项目的时候，假期对我来说根本就是形同虚设。但是现在，就算我去上班也无事可做。

我打开电脑，登上"CPT车主俱乐部"的主页。果然，留言板上出现了一篇新帖子。

已经确认过质量（SHULI）

很抱歉，又来打扰大家了。我是新人SHULI。

感谢马尼亚克提供的宝贵建议。

我刚刚确认过，这辆CPT的质量看起来应该没有问题。

接下来就是签合约了。目前我遇到了一个麻烦——还未筹足购买所需的资金。明天银行休息，所以还需要点时间。另外，我还不知道该如何交易才好。

我不知道他为什么要提到"马尼亚克"这个名字，不过看起来这应该是个给了"SHULI"建议的好心人。虽然不知道对方是谁、来自哪里，但看到这篇帖子的人想必都会觉得很奇怪：这位"SHULI"怎么会在半夜三更跑去检查车的质量呢？

一想到葛城胜俊在这个留言板上发帖时的表情，我就觉得有点好笑。不过，很快我就意识到，或许打字的并非他本人，而是一名刑警。

"也就是说，在确认我安全后，他就同意了交易？"树理站在我身后，看着电脑屏幕道。

"嗯，谁知道呢。"

"咦，可是……"

"他说需要点时间才能筹足资金，这还是在拖延时间。与此同时，他又希望我们告诉他该如何交易，其实就是想让我们先采取行动，好等我们露出破绽来。"

"交易方法，当然要等他筹到足够的钱才能说啊。"

"嗯，我也是这么想的。"我离开电脑，坐在客厅的沙发上。树理也跟了过来。

我在脑中思考着各种可能性——对方这么做，究竟是出于什么目的？应该不是单纯为了看看我们的反应。

"你说……"树理坐在我旁边说道，"我们该怎么收钱？你有什么好办法吗？"

"嗯……这个嘛……"我含糊其词道。真不敢想象，要是我告诉她其实我从来没认真想过这个问题，她会有什么反应。可不能因此失去她的信任！

其实我一直都觉得"船到桥头自然直"，躲过警方的侦查并非难事。很多人都觉得绑架事件从来就没有过成功的先例，但我向来都不认同这个观点。不是没有先例，只是没人会对这种先例进行报道而已。为了保住面子，警方自然也会想尽一切办法隐瞒这些消息。只有绑匪被捉拿归案的案件才会被大肆报道，所以，即使在外人看来，那些绑匪也大都是有勇无谋之辈。但不可否认，这个世上肯定也有一些聪明的绑匪。反观那些受害者，既然最珍贵的孩子能得以平安归来，他们自然也就不会再节外生枝了。一旦闹得满城皆知，除了会让绑匪怀恨在心，于他们而言可以说是全无裨益。

"不能告诉我吗？你打算怎么交易？"

"晚点再慢慢告诉你。"

"你是担心会刺激到我，还是怕我听完害怕？我可没那么不堪一击。"

"我没这么想过。"我苦笑道。就在这一瞬间，我突然想到了一个主意。刺激吗？这听起来还不赖嘛。

我点了点头，起身去厨房的冰箱里拿出两罐啤酒，回到沙发后，将其中一罐放在树理面前。

"你干吗笑得这么诡异？好可怕。"

"我想到了一个很有意思的办法。不如刺激他们一下如何？"

"刺激？"

"告诉他们该如何交易啊！"

听到这里，树理停下了正要拉开啤酒拉环的手。

"没问题吧？"

"你就等着看吧，我怎么可能现在就亮出底牌？"

回到电脑前，再次接上网络，经过一番操作后，我登上了一个可以提供免费电子邮件服务的网站。今天白天，我已经事先在这个网站上注册好了邮箱账号。当然，用的是假的姓名和住址。

我打开写邮件的窗口，然后翻开笔记本，将上面记下的地址输入收件人栏。这个收件地址就是"SHULI"在留言板上留下的。

"好了。"我将手指放在键盘上，然后深吸了一口气。

我已收到你的消息。能够让你顺利确认葛城树理的安全，我们也十分高兴。接下来就只剩下促成交易了。我们诚挚希望，不要因为一些不必要的琐事而导致双方交易失败。我想你应该也是这么想的吧？所以，我们需要迅速完成所有交易。

正如我前几日所说，请先准备三亿日元现金，而且要全部都是旧版的一万日元面值的。将它们分成两份，分别装入高尔夫球包和另一个包中。

接下来是手机，平时用的就可以。

待以上事项全部完成后，请继续用同样的方式联系我。同时，请在留言板上写下手机号码。当然，不能直接写，可以通过其他方式给予提示。

还请尽快准备好。葛城树理何时重获自由，就看你的速度如何了。

友情提醒：请不要直接回复这封邮件。我们不会再使用此邮箱，所以即便你发了邮件，我们也收不到。此邮箱仅供本次使用。

　　我反复确认了三遍以上内容，然后坐直身体，慎重地按下了发送按键。几秒钟后，屏幕上出现了"电子邮件已成功发送"的提示。我立即退出登录账号。

　　"高尔夫球包和另一个包……原来是这样啊。"一直在我身后看着电脑屏幕的树理似乎对此十分佩服，"那样的话，我们就可以堂而皇之地提着包四处走动了。"

　　"对方也会这么想吧。"

　　"嗯……"

　　见树理还在歪着头思考着什么，我继续喝起了啤酒。

　　对方什么时候才会看到这封邮件呢？应该不会太久吧。他们应该会经常登录网站查看消息。或许，现在葛城家已经乱成一团了。

　　我本想马上点开"CPT 车主俱乐部"的网站看看，但今晚还是忍一下吧。现在再心急也没用，对方肯定正忙着商量对策，怎么可能这么快就回复呢？我断开网络，关上电脑。电脑风扇一停，房间里就变得出奇地安静，只剩下树理的呼吸声。

　　"今晚的游戏就到这里了。你也辛苦了。"

　　"终于到了收取赎金的时候。"树理深吸了一口气，"可你还没告诉我要怎么做呢。"

　　"你很快就会知道了。"我笑着说。我本想将这次行动的目的告诉她，但转念一想，目前还是少说为妙。

　　"先睡觉吧。"

我让树理睡床上，自己则躺到了沙发上。她似乎对我的做法有些不解，不过什么也没问。

说实话，对于和她发生了肉体关系这件事，我是有些后悔的。倒也不是有什么特别的原因，既不是觉得自己破坏了游戏规则，也不是因为碰了重要"商品"而觉得愧疚。单纯只是觉得自己似乎埋下了一个隐患，做了一件无法挽回的事。当然，这只是一种直觉。

不知是不是因为惦记着这件事，我一整个晚上都睡不好，时梦时醒的。早上睁开眼一看，倒也和以往醒来的时间差不太多。在卫生间洗完脸后，我照例打开了电脑。

检查过电子邮件后，我又登上了"CPT车主俱乐部"的网站。看到留言板后，我倒吸了一口气。

准备好了（SHULI）

早上好。我是SHULI，我凑足钱啦！终于可以买到梦寐以求的爱车了。现在就只需要等对方联系我就行了。

顺便问一下，现在可以任意挑选喜欢的车牌号吗？

我比较喜欢这两组数字：

3×××或8×××

我刚开始打高尔夫球，将来就可以把高尔夫球包塞进后备厢里，然后开车去打球啦！

第十章

"我跟你说过很多次，这可能是我们这辈子玩得最大的一场游戏，没有你想的那么轻松。我们走每一步，都必须经过周密规划，否则一着不慎，就会满盘皆输。这次的行动，也只是整个计划中的一个步骤而已。"

我给花园酒店打去电话，预订今晚的房间。电话被转到前台，一位男员工接了电话，问我一共几个人入住。我告诉他，只有我一个人。

"好的，那我们为您预订一间今晚的单人间，您看可以吗？"

"能不能尽量帮我安排一间面朝大路的房间？"

"您说的是酒店正门口那条路吗？"

"应该是吧。另外，楼层尽量不要太高。"

"好的，请您稍等。"

大约二十秒后，电话那头又传来了那位员工的声音。

"先生您好，请问十五楼的房间可以吗？"

"十五楼？不错，就这个房间吧。"

"好的，先生。请您留个名字和电话号码可以吗？"我随口说了个化名和假号码后，挂断了电话。

"你预订的是哪家酒店？"树理坐在沙发上问道。

"花园酒店，就在这附近。酒店餐厅做的蟹黄鱼翅汤非常好吃，里面的主厨是个老先生，很擅长法餐，据说是日本人中获奖次数最多的人呢。"

我还没说完，树理就开始摇头了。

"我问的是，你为什么预订这家酒店？总不会是为了去餐厅吃饭吧？还是你要把它当成你的新藏身点？"

"我不需要什么新藏身点，我们也就只有今天会用到这家酒店而已。"

"那就是打算用来收赎金？"

我耸了耸肩，笑道："我怎么可能这么做？"

"那你打算去酒店做什么？酒店对我们有什么用处吗？还有，你到底打算怎么收赎金？"树理有些歇斯底里地接连问了好几个问题。

"你这是逼问我吗？"

"因为你什么都没告诉我啊。我们不是合作伙伴吗？"

"到时候我就会告诉你了。"

"现在还没到时候？爸爸不是已经在网上回复说钱准备好了吗？就连手机号码都告诉你了，接下来不就只剩下收赎金了吗？"

我叹了一口气，缓缓地眨了眨眼睛。

"我跟你说过很多次，这可能是我们这辈子玩得最大的一场游戏，没有你想的那么轻松。我们走每一步，都必须经过周密规划，否则一着不慎，就会满盘皆输。这次的行动，也只是整个计划中的一个步骤而已。"

"但你不是跟他说准备好钱后，放在高尔夫球包里吗……"

"这只是为下一个步骤做的准备。如果你玩过电视游戏，就知道了。"

"我没有玩过电视游戏。"

"是吗？总而言之，你现在只要安静地看我做就行了。"

她虽然不太认可我的话，但还是不情不愿地点了点头。

把树理昨晚做的奶油炖菜重新加热后，我简单地吃了顿饭，然后就开始做出门前的准备了。我从衣柜里拿出一个运动包，把摄像机、磁带、三脚架和双筒望远镜等东西全都塞了进去。这架双筒望远镜是一位观鸟爱好者朋友送我的礼物。

"你预订了单人间，意思是你要一个人入住？"

"今天是周六，你觉得还会有双人间吗？就算有，也不会允许我们指定位置和楼层。"

"所以，你是打算带我一起去？"

"只是要注意，别让酒店的工作人员发现。另外，换个装扮吧，只要看起来别太奇怪就行。"

刚说完这句话，我就看到树理站在我面前，双手叉腰地俯视着我。

"怎么了？"

"什么怎么了！你说我要怎么换装？我根本没带衣服出来，就连化妆品都没带。我唯一能假装的大概也就是个无家可归的年轻人了。"我听完，哈哈大笑。不得不说，她的话很有道理。

"既然如此，你就在家里等着吧。说不定警方已经知道你失踪时穿的是什么衣服了。要是那样，说不定他们也已经通知各家酒店注意是否有疑似绑匪的人入住了。"

"我要跟你去！我不知道你接下来打算做什么，不过我觉得，我一定能帮上你的忙。"

我看着她的眼睛，她眼中似乎写满了坚定。看样子，这次她是不会退缩了。我在心里反复确认接下来要做的事。她说得对，我或许真的需要她帮忙。

我放下运动包。

"真拿你没办法啊。走吧！"

"我也能去酒店？"

"先去买点东西。"

这世上恐怕再也找不到第二个像我一样的绑匪了吧——居然带着自己的人质去银座的百货商店购物。警方也一定想不到我会这么做吧？一想到这一点，我就又忍不住兴奋起来。

树理正忙着到处寻找心仪的衣服，根本顾不上我。她看起来与其他年轻女孩没什么两样，与周围的环境完美融为一体，于是我也就没出言提醒，虽然我的确很想提醒她好好想想此行的真正目的。

好在她不笨，没有做出任何会被店员记住的事。她一边挑衣服，一边巧妙地移动脚步。说起来，我反而更有可能被他人注意到。因为我就这么一直站在窗前，面无表情地看着她。不过，如果我现在演的是一个被迫陪小女友购物的男人，我相信没有一个导演会舍得喊"咔"。

过了好久，树理终于从店里走出来了，手中还提着一个纸袋子。

"买好了？我以为还得等会儿呢。"我不无讽刺地说道。

"我还从没有买得这么快过。不过，要是我在店里待太久，肯定多多少少会给店员留下印象，所以我就只是随意挑了几件而已。"

"还挺聪明的嘛。"

"接下来是化妆品。我们去一楼吧。"树理一脸兴奋地说道。

她去买化妆品期间，我找了家咖啡馆坐着，边喝咖啡边等她。让她一个人去，其实我也不放心。可就算我陪着，也起不到什么作用。她说自己在银座遇见熟人的可能性几乎为零，要是在涩谷，倒是另当别论。我决定相信她。

大约三十分钟后，她回来了。看到她的脸后，我睁大了眼睛。

"你化妆了？"

"是啊，顺便嘛。"树理说着，就在我对面的椅子上坐了下来。服务员过来后，她点了一杯奶茶。

"你该不会是让店员帮你化的妆吧？"

"怎么可能！我只是向人家借了个镜子而已，妆是我自己化的。放心吧，在那种地方，没有人会注意其他人的，大家只会关心自己面前镜子里的那张脸。"

"算我求你了！你在便利店和家庭餐厅被人看见的事情，就已经够让我心烦了。"

"都说了没事！"她从包里掏出一支烟，结果发现这里是禁烟区，于是又不情不愿地把烟放了回去。

不多久，服务员就把奶茶端过来了。她端起杯子正要喝时，我无意间瞥了她一眼。

妆化得不算浓，却让她本就细腻的肌肤看起来愈发动人。恰到好处的眼妆和鼻影，清晰地勾勒出眼睛与鼻梁的线条，让她的五官显得愈发立体。

"你在看什么？还在担心？"

"没什么。"我移开了目光，"还有一件东西要买。"

"还有什么？"

"游戏的必需品。"

我们重新坐上出租车，径直开向秋叶原。我在车里将五张一万日元的钞票递给树里。

"这是什么？"

"买东西的钱，到时候你去买一下。"

"你这么说，我怎么知道要买什么的。"

"到时候我会告诉你的。你只要照做就行了。"

树理似乎又准备发火，却又顾及前排的司机，不想让他听到我们的对话。

我们在昭和大道下了车。周六的电器街上热闹非凡，这对不想引起别人注意的我们而言，可以说是求之不得。更何况，树里还戴着一顶几乎能把眼睛都给遮住的帽子。

我们没有去满是电器店的主干道，而是拐进了一条小路。虽然小路上人也不少，但气氛还是略有不同的。店里的商品也大都是面向真正懂电器的人的。

我很快注意到一个男人，一个蓄着胡子、肤色黝黑的伊朗人。

"你去找那个人问问有没有实名黑卡。"我在树里耳边轻声说道。

"实名黑卡？"

"实名黑卡手机，就是那种用其他人的姓名注册的手机。"

"哦哦，"她点点头，"我听说过。"

"品牌不重要，五万日元应该够了。需要先付款，然后他们会让你跟去拿，你就默默地跟去。我在这附近等你。"

"你不一起来吗？"

"要是我被他们误认为便衣警察就麻烦了。让你去买，就是为了打消他们的疑虑。有点可怕，但一定要鼓起勇气来！"

一瞬间，树理眼中露出了些许不安，但很快她就用力点了点头。

"明白了，我这就去。"说着，她便朝那个男人走去。

我远远地看着树理与那伊朗人交谈了一会儿。虽然买家是个年轻女孩，但那个伊朗人似乎并没有感到太惊讶。可以在这里买到实名黑卡手机的事，早就在一部分女性群体间传开了。我也是从一个女性朋友那里听来的。

不出所料，他们开始移动了，很快就消失在了街角。自始至终，树理都没有回头看过我。很不错！

伊朗人的同伴大概正拿着手机在车里等着。万一被警察抓到，他们可以立刻驾车离开。

大约十分钟后，树理回来了。我这才终于放下心来。

"任务完成。"树理举起手中的小纸袋说道，"还带回来一个礼物。"

"礼物？"

"电话卡啊！据说不限使用次数呢。虽然初始设定是五十次，不过次数用完后，就会重新恢复成五十次。"

我苦笑了一下。

"你用过公用电话吗？"

"当然啊！我现在哪有手机？"树理挥舞着电话卡说道。

就在不久之前，那些伊朗人卖的还主要是伪造的电话卡。随着手机普及的速度越来越快，那些电话卡如今已彻底卖不出去了，所以他们就改行卖实名黑卡手机了。

"那些人日语说得真好啊，到底是怎么记住的啊？"

"你永远想不到人为了活下去能有多拼命。那些伪造电话卡的人也一样，他们真的很拼。要是NTT①再不努力，迟早会败在那些人手上。"

"警察也一样，如果真想抓捕他们，就得拼命学会他们的语言。"

"的确如此。"

说完这句话，我立即停下了脚步。一直抓着我手臂的树理，在惯性的作用下差点就向前扑倒了。

"干吗突然停下来啊？"

"我想到了一个好办法。"我笑道，"游戏终于要开始了。"

乘坐出租车回到公寓后，我继续准备着。待一切准备就绪后，我将笔记本电脑放进了包里。

"那一会儿再联系。别嫌我啰唆，记住，绝对不可以从酒店的正门进去。"

"知道啦。你真的很啰唆啊！"

我不知道她是不是真的听懂了，本想再嘱咐几句，但最终还是

① 日本的一家电信公司。——译者注

忍住了。走出房间时，手表的指针指向下午三点的位置。

如果选择乘坐出租车，那么只需要花上几分钟便可到达花园酒店。我在正门下了车，走向前台。我特意选了衬衫搭配领带，外搭深灰色西装的装扮，看起来就像是假日还得来东京出差的上班族。因为我在预订酒店时，随口编的是一串带有名古屋区号的电话号码。

在入住信息登记卡上填了假名字、假地址和假电话号码，再预付五万日元后，就办好入住手续了。前台工作人员一直低头忙碌着，以防万一，我还是尽量不抬起头来。

我拿到的是 1526 号房间的房卡。我拒绝了服务生的引导，独自乘坐电梯上楼。

一进房间，我便立刻拉开了窗帘。左下方就是首都高速箱崎立体交叉桥。我从包里取出望远镜，迅速调整焦距后对准高速公路。很快，一辆从银座方向驶来的深蓝色国产车就从我的视线中穿过。

第一阶段合格！我松了一口气。我在这家酒店住过一次，当时就发现能从这里看到立体交叉桥。当然，那时的我根本没有想过要利用这一点做些什么。

我用酒店的座机给家里打了电话。电话铃声响起三次后，自动转接至语音留言。听到提示音后，我才开口。

"1526 号房间，到门口后敲门。"说完，我便挂断了电话。

听到这条留言后，树理应该会马上离开房间。临走前我对她说过，乘坐出租车到半藏门线的水天宫前站下车，然后穿过地下通道进入酒店，因为这家酒店的地下二层与地铁站相连。如此一来，她就可以从地下乘坐电梯直达客房楼层，从而完美避开前台和大厅等人群密集的地方。

　　我脱下外套，解下领带，开始着手下一项工作。我将摄像机安装在三脚架上，放置在窗边，接着一边看着液晶屏幕，一边调整摄像机的角度和焦距。从银座方向驶来的车辆，无一例外都被摄像机拍了下来。

　　之后，我拿出笔记本电脑，用自带的电话线将其与桌旁的插口相连。为满足商务人士的需求，这家酒店的房间内设有两条电话线，一条用于内线电话，另一条用于连接网络。这也是我上次来的时候发现的。

　　打开电脑，连接互联网。线路毫无问题，很快就连上了网络。慎重起见，我先去"CPT 车主俱乐部"的网站看了看，果然有来自"SHULI"的新留言。

　　我已经迫不及待了（SHULI）
　　我已经下了订单，钱也准备好了，可对方一直也没联系我。
　　好想早点得到梦寐以求的东西啊，也不知道对方还在等什么。
　　高尔夫球包都着急了，一直在门口喊着想要马上出门呢。

　　不得不说，每次看到他的留言，我都不禁佩服这些文字伪装得真是太巧妙了。光看这些话，估计任谁都会觉得这就是个想买车的小姑娘在发牢骚吧。

　　不过至少可以确定一点，那就是对方已经开始着急了。对方已经迫不及待地想要知道，绑匪究竟会采取什么方法来收钱了。

我从冰箱里拿出一瓶矿泉水，直接对着瓶口喝了起来，然后重新确认了一下接下来的计划。应该没有遗漏，也不会留下破绽给对方。

我看了看时间，距离打完电话已经过去三十多分钟了。树理到底在干吗啊？

又过了三十分钟，门外终于响起了敲门声。

"哪位？"以防万一，我还是问了一下。

"是我。"听到这个声音后，我过去开了门。

"你到底在干吗？只是换衣服而已……"话说到一半，我就住了嘴。树理的头发变成了棕色，一种近似于金色的棕色，而且还变短了。

"嘿嘿嘿。"她一脸狡黠地笑着，还特意拨弄了一下自己的短发。

"你这是怎么回事？"

"染的。不错吧？"她进门后，饶有兴致地环视了一圈，然后走到窗边，看着摄像机问道，"你在拍什么？"

不过，我现在不打算回答这个问题。

"你想干什么？"

"什么想干什么？"

"你的头发啊。把自己打扮得这么招摇，你到底是怎么想的？"

"这……很招摇吗？"

"你自己照照镜子。"

"不是你让我乔装打扮一下的吗？我想了好久呢！我自己把头发剪短了，这颜色也是我自己染的，还换了一身衣服。你看，和刚才的我已经判若两人了吧！"

她上身穿着红色的无袖衫，下身穿着一条黑裙子。我这才惊讶地发现，就连配饰和鞋子都换成全新的了。我甚至不知道她在什么时候买了这么多东西。

"我的意思是让你打扮得尽量普通一点，不要招摇。"

她直接一屁股坐在床上，像小孩玩蹦床一样上下跳了跳，一脸开心地笑着，也不知道到底有没有在听我说话。

"我说，你真是专业的策划人？这点小事也值得你大惊小怪的？你去大街上看看，比起染头发的人，黑头发的人反而更少呢。"

"那他们为什么要染发？是为了低调？不可能吧，应该是为了引人注意吧？"

"一开始也许是，但现在不一样了。只是单纯觉得黑头发太土了，所以才染的。"

我摇摇头，现在不是和她争论这种无聊之事的时候。

"总之，回家后就给我恢复原样。你不要忘了自己现在是个人质啊。哪个人质被绑架后还有闲工夫染头发？不要太离谱！"

"唔，绑匪是个变态，所以他喜欢给人质染头发玩。"

"也就现在能让你开开玩笑了。"我拿出在秋叶原买的手机递给她，"行了，我们要开始游戏了，给你爸爸的手机打个电话。"

"我打？"树理的脸色顿时阴沉起来。

"我本来是打算自己打的，不过既然你一起来了，也就没这个必要了。虽然你爸爸应该听不出我是谁，但还是尽量不让他听到我的声音为好。"

"拨通以后，我该说些什么？"

"我已经想好了。你过来看。"我让她坐在电脑前。

我按了几下键盘后，屏幕上出现了一个文档。这是我在她来之前写的。文档分为几个部分。

我指着第一部分说道："首先是这里。只要念完这段话，就马上挂掉电话。"

树理凝视着那段文字。看到她脸上的表情我就明白了，她一直都是在强撑着镇定而已。无论是大大咧咧去商场购物，还是染发，其实都是为了掩盖内心的不安。

"用这个电话打，真的没问题吗？"

"尽量打快点。时间长了，对方说不定就能查到我们的所在地。"

呼——她做了个深呼吸，然后紧盯着手机上的数字按键。

"现在就打？"

"对，马上打。这是电话号码。"我将写有葛城胜俊手机号码的便笺放在了她面前。

"再不打，天就要黑了。"

"天黑以后，是不是就不利于我们行动了？"

"那台摄像机不是红外摄像机，那台望远镜也没有夜视功能。"

她似乎多少能听懂一些我话里的意思，默默轻点了下头。再次深吸一口气后，她将手机换到左手，右手的食指伸向按键，一边看着便笺，一边小心翼翼地依次按下号码。按完所有的数字按键后，她将手机放在耳边，轻轻闭上双眼。

我能听到听筒中传来的回铃音。响了两声后，电话接通了。

"喂，是我，树理。什么都别说，先听我说。"她看着电脑屏幕说道，"十分钟后，从家里出发。把高尔夫球包和另一个包都放进车的后备厢。车上只能有爸爸你一个人。上首都高速，然后开往向岛出入口。是向岛，向……岛……尽量按规定车速行驶。一会儿我会再给你打电话……对不起，到时间了。"

挂断电话后，她抬起头，用一种求助的眼神看着我，双颊微微泛红。我在她半张的唇上轻轻一吻。

"做得很好。"

"下一通电话也是我来打吗？"

"基本上是的。所有的联系都由你来做。"

"基本上……是什么意思？"

"到时候你就明白了。"

回到电脑前，再次接上网络，日本道路公团① 有一个实时发布交通信息的网站。进入网站后，液晶显示屏上出现了首都高速公路的地图。路线用白线标示，但会根据拥堵情况变成红色或黄色。今天似乎比平时要通畅一些，不过仍然有些地方变了颜色。

我顺着葛城胜俊可能选择的路线看了一下，目前似乎没有出现严重的堵车，只是箱崎立体交叉桥附近出现了一点红色。

我一边交替看着手表和首都高速公路的路线图，一边喝完了剩下的矿泉水。突然好渴。树理也开始喝起了可乐。我们两人都没有说话。我不时地刷新交通信息数据，不过基本上没有出现太大的变

---

① 日本曾经主要负责收费道路建设和管理的特殊法人。——译者注

化。要是有变化，就只可能是发生了交通事故。我暗暗祈祷千万不要出现事故。

看了看手表后，我打了个响指。

"树理，打电话。"

她一脸紧张地拿起手机。

"要怎么做？"

"问一下他现在在哪里就行。"

树理点点头，拨通了电话。

"喂，是我。你现在在哪里？……啊，竹桥？刚过竹桥是吗？"

我用手指比了个 OK 的手势，她马上挂断了电话。

"说是在竹桥。"

"知道了。"

我看向首都高速公路的路线图。竹桥立体交叉桥到江户桥之间，目前十分畅通，应该可以维持每小时六十公里的车速。江户桥到箱崎之间则出现了多处堵车。问题来了——时机！时机决定一切。只能相信自己的直觉了。

我又打了个响指。

"给他打个电话，确认一下位置。"

树理按下了重拨按键。电话很快就接通了。

"你现在在哪里？……快到江户桥了吗？"

我站起身，做出了 OK 的手势。树理连忙挂断电话。

我走到窗边，再次确认了摄像机的位置，然后招手让她过来。

"一分钟后打电话，告诉他从箱崎下高速，然后把手机给我。"

"给你？你要说话吗？"

"没错，后面的事情我来说。"我点头道。

正好过了一分钟后，树理又拨通了电话。我就站在她身旁，从包里取出了一个气瓶。

"喂，是我。在箱崎下高速。啊，别挂电话。"她匆忙说完这句话，就把手机递给了我。

我深吸一口气后，接了过来。本该很轻的手机，此刻竟让人觉得异常沉重。我的心跳也开始加速。

我站在窗边，一只手将手机贴在耳边，另一只手则握着双筒望远镜。摄像机已经开始工作。

远处，一辆银灰色的奔驰缓缓滑下斜坡。暂时还看不见车内司机的脸。我和正盯着摄像机屏幕看的树理对视了一眼，她默默点了点头。

显然，那就是葛城胜俊的座驾。

我将气瓶对准嘴巴，吸了一口里面的气体后，迅速对着话筒说道："不要出高速，走环形车道。"

旁边的树理听到这句话后，一脸吃惊地看着我。也难怪，因为我突然发出了像唐老鸭一样的声音。没想到啊，这个氦气变声玩具竟在这里派上了用场。这还是我之前为某个派对买的道具呢。

葛城胜俊应该也很吃惊吧。

"什么？不是去向岛吗？"

我又吸了一口氦气，答道："走环形车道。"

"右侧是通往银座方向的入口。不走那条路吧？"

"走环形车道。"

说完，我就挂断了电话，将手机递给树理，然后继续用望远镜观察箱崎立体交叉桥。很快，我就看到了一辆银灰色的奔驰驶过。后面还跟着几辆车，有卡车，也有出租车。

奔驰再次出现。箱崎立体交叉桥是一条小环形路。如果不从任何一个出口离开，也不开往其他方向，就可以在桥上一直绕圈，直到汽油用尽。

当奔驰第三次出现后，我向树理发出了下一个指示。她十分惊讶，但还是依言拨通了电话。

"喂，是我。交易取消。回去吧，等下个通知……对不起，我也不知道怎么回事。"

挂断电话后，树理瞪着我。我则坐在床上。

"怎么回事？为什么突然取消交易？"

"不是突然取消，而是从一开始就计划好的。"

"早就计划好的？所以你从一开始就没想过要交易？"树理走到我身边，俯视着我。

"为什么要这么做？"

"为了掌握警方的行动啊。"

我站起身来，关掉还在工作的摄像机。

Chapter 11

第十一章

其实还有一种可能，只不过可能性极低，所以我也就没说出口——那就是，警方并没有采取行动。也就是说，葛城胜俊没有报警。要是那样，只出现一辆奔驰也就不足为奇了。

电脑屏幕上显示的是箱崎立体交叉桥上的画面。银灰色的奔驰轿车多次从镜头前驶过。当然，路上还有许多其他车辆在行驶。然而，在画面中重复出现的，只有葛城胜俊这辆车。

"奇怪，果然只有这辆奔驰。"

我们已经回到公寓了。酒店的房间暂时保持原样，我打算明天早上再去退房。如果今晚就退房，说不定会让酒店的工作人员起疑心。

"到底哪里奇怪了？快点说啊。"树理已经有些不耐烦了。

"在环路上行驶的只有一辆奔驰，这一点很奇怪。理论上应该还有其他车辆才对。"

"怎么没有？卡车、出租车……路上不是一大堆车吗？"

"但那些车都只出现过一次。在环路上不停绕圈的只有奔驰，其他车都是直接驶出环路。"

"这有什么奇怪的？因为只有那辆奔驰是爸爸开的啊。"

"但那辆奔驰后面应该有车跟着才对。警方的车。"

树理半张着嘴，似乎终于听懂我说的话了。

"就算没有紧跟在奔驰后面，最多也只能间隔两三辆车吧？否则就无法在紧急情况下迅速出手了。可是从录像信息来看，完全没有这类车辆出现过。这是怎么回事？"

树理没有回答，仍然一脸疑惑地盯着画面。当然，我也不指望她能想明白其中的原因。

"有几种可能性。一是警方出于某种原因没有跟在车后。如果真是那样，他们就会使用更好的追踪方式，例如在奔驰里藏一个侦查人员。"

"真的藏在里面吗？"树理凑近电脑屏幕仔细观察。

"我们检验一下吧。"

我从一堆影像中挑出一张最能看清奔驰车内情形的图像，并将其放大。虽然画质粗糙，但还是能看清轮廓的。

"后座上好像没人。"

"难道躲在后备厢里？"

"可能性不大。后备厢里有两个装有三亿日元的大包，其中一个还是高尔夫球包。就算勉强还能塞下一个人，待在里面也是动弹不得，根本派不上用场，所以我才要求你爸爸把这两个包放在后备厢里。"

树理了然地点点头，看来她有些认可我的做法了。

"对了，小说和电影里不是常有那种警方在赎金上安装跟踪器的情节吗？这次说不定也是这样。"

"可能确实安装了跟踪器。"我同意她的看法，"不过，我觉得他们不会只做这一项准备。一般来说，警方肯定会派人跟着，或是在某个地方进行监视。"

"那他们监视了吗？"

"说什么傻话呢？我们一开始给的指令是开往向岛高速口，他们怎么可能会跑到半路的箱崎立体交叉桥去监视呢？"

"我也这么觉得……那你有头绪了吗？"

"就是因为找不到头绪才头疼。警方的人到底躲到哪里去了呢？"我倒在沙发上说道。

其实还有一种可能，只不过可能性极低，所以我也就没说出口——那就是，警方并没有采取行动。也就是说，葛城胜俊没有报警。要是那样，只出现一辆奔驰也就不足为奇了。

但这可能吗？当然，不是完全没有可能。葛城胜俊是一位父亲，也许是为了保护女儿的性命，他听从了我们不准报警的要求。

然而，我还是忍不住想推翻这种可能。他不是那种人。区区一两句威胁，怎么可能让他轻易屈服？他一定会努力与绑匪斡旋，寻找时机救出女儿。那么，他就必然需要警方的支援。所以，警方一定已经展开行动了。葛城胜俊在箱崎立体交叉桥上像个旋转木马似的转来转去的时候，警方应该正躲在暗处等待绑匪现身吧。

"那……什么时候呢？"树理问道。

"什么时候？你说什么？"

"收赎金啊！还用问吗？还是你又在计划什么预演行动了？"她站在我旁边，摊开双手，语气中带着几分揶揄，似乎有些不赞同我的做法。

"我只是想做到完美，这也是为了你。你不是想要钱吗？不是想

166

报复葛城家吗？"

"当然想，但我不想再拖延时间了。"

"我可不是在拖延时间，只是想谨慎一点而已，毕竟我们的对手可是葛城胜俊啊！"

"那你准备什么时候行动？"

"慌什么？别这么着急。如今王牌在我们手上，只待选取一个合适的时机，用合适的方式拿到钱就好了。"

树理用力摇头，连带一头短发都变得乱糟糟的。

"或许你觉得这游戏很有趣，但还请考虑一下我的心情。我不想再过这种紧张的生活了，放过我吧！"

树理大声说完，就跑进了卧室。她的反应让我有些猝不及防。我能理解她的心情，只是没想到她会突然爆发。

走进卧室时，树理正趴在床上。我在她旁边坐下，轻轻抚摩着她刚染的头发。刚看到这头棕发时，我还觉得她就像个叛逆难管的不良少女，可现在却完全不这么想了。

树理抱住我的腰。我默默地躺下，将她拥在怀里。

"抱紧我。"她轻声说道，"我们只有现在可以在一起。"

只有愚蠢的人才会沉溺于男欢女爱——我一向很明白这一点，可我为何又觉得此刻躺在自己怀中的树理是那么惹人怜爱呢？

"我们只有现在可以在一起"——确实如此。游戏顺利结束后，我们再也不会见面了。我不可能冒那种险，打从一开始，我就做好了这个准备。

可现在，我犹豫了。坦白说，我开始奢望能和树理一起生活得更久一些。不，我甚至已经开始计划，如何能在顺利拿到赎金后也不和她分开。

佐久间骏介，你怎么了？你不该是这样的男人啊！

第二天早上醒来时，树理不在身边，但空气中弥漫着咖啡的香气。从卧室的门缝望去，可以看到她在餐桌和厨房之间来回走动的身影。桌上已经摆了好几道菜。

我拿起柜子上的数码相机，透过门缝对准她的身影。趁着她端着托盘走过来的间隙，我快速按下了快门。我没有打开闪光灯，所以没有被她发现。我回看了相机的显示屏，虽然有点暗，但她的身影十分清晰。接着，我打开相机盖子，取出存储卡。

"醒了吗？"

大概是听到了房里的动静，树理走了过来。我慌忙将相机放回柜子上，存储卡依旧握在右手中。

门开了，树理走了进来。见我就站在门边，她不由得十分惊讶。

"啊，你都已经起来了啊？"

"刚起来。你准备好早饭了？"

"毕竟是客居你家嘛，总得稍微回报一下，也不能老让你吃奶油炖菜吧。"

趁着树理转过身的间隙，我迅速将存储卡放进挂在一旁的上衣内袋里。

桌上放着火腿蛋、蔬菜汤、吐司和咖啡。虽然算不上多精致的早饭，但能用冰箱里仅有的几样食材做出这些东西，想必她也已经尽力了。

"很有过日子的感觉了。"我咬了一口吐司，说道。

"你怎么还不结婚？"

"怎么说呢，我反而对大家都想结婚这件事感到奇怪。明知道自己不可能爱对方一辈子，却又要和对方生活一辈子，我做不出这样的承诺。"

"可那个人会一直陪在你身边啊。即使你变成了丑陋的老爷爷，也不会一个人孤零零的啊。"

"反过来不是也一样吗？无论对方变成多丑陋的老太太，我也必须一直陪在她身边。更何况，人终究会变得孤独。无论结婚与否，都是一样的。"

"所以才要生孩子嘛，就算另一半不在了，好歹还有孩子在。"

"真是这样吗？你看看我。"我拿叉子指了指自己的胸口，"我也是有父母的人，但你看，我一个人住，都好几年没和他们联系了。像我这样的儿子，对父母来说还算是亲人吗？跟不存在也没什么两样吧！"

"就算孩子不在家，但只要知道他在什么地方，父母也就心满意足了。光是在心里想象你过着怎样的生活，他们都会觉得无比幸福吧。"

我抿了一口咖啡，嘴角浮起一抹苦笑。

她一脸疑惑，仿佛在说："有什么好笑的？"

"真没想到，居然能从你口中听到讲述家庭重要性的话。"

树理像是被这话戳中了痛处，低下了头。

我捣碎火腿蛋的蛋黄，和火腿一起送入口中。

"你为什么不跟父母联系？"她低着头问道。

"最准确的说法，应该就是没什么事情需要联系。他们对我来说只会是麻烦。他们偶尔会因为一些鸡毛蒜皮的小事给我打电话，可事情一说完，就没什么好聊的了。"

"你老家在哪儿？"

"横滨。离元町挺近的。"

"那可是个好地方。"

"女孩都这么说。但是在那里长大，和挽着男朋友的胳膊在那里闲逛，完全是两码事。"

"家里是做什么生意的？"

"我父亲就是个普通上班族，跟元町商店街毫无关系。"

"你父亲现在还在工作吗？"

我摇了摇头。"我父亲已经去世了，那是我上小学时的事。"

"啊……原来是这样。"

"父母离婚后，我跟着父亲生活。可后来父亲因病去世，我就又回到了母亲身边。那时母亲已经回了娘家，于是我便跟着她住在了外婆家。"

外婆家做的是家具生意，在当地颇有名气。当时，我的外祖父母都还健在，和他们的长子一家同住。后来，我和母亲也住进了这个大家庭。母亲一边帮忙照料店里的生意，一边承担起全部家务。我倒没觉得有什么不自在，毕竟那本就是母亲长大的地方。不仅外祖父母疼我，舅舅和舅妈也对我关怀备至。包括舅舅家的一儿一女，也从未将我和母亲视为寄人篱下的外人。

"但后来我渐渐明白，这不过是表面的和平。"

"什么意思？"

"说到底，我和母亲对那个家庭而言始终是累赘。想想也正常，一个带着孩子回娘家的人长期住下不走，哪怕是亲人，时间久了也难免会觉得麻烦。尤其是舅妈，她和我们本就没有血缘关系，心里觉得我们碍事，也在情理之中。虽说她没有表现得太明显，但那种微妙的氛围还是能够感觉出来的。不过我仔细观察后，发现她对其他人也是如此。舅妈是个极为精明的人，在生意场上更是长袖善舞。实际上，那家店的实际掌权人并非我舅舅，而是舅妈。店里的员工也都更忠心于她。在这种顺风顺水的状况下，她越发得意，不仅在店里说一不二，就连在家里也开始对丈夫、公婆颐指气使。外祖父母对此满心不悦，一直想让没什么能耐的儿子重掌大权。可无奈舅舅实在不争气，一碰上棘手的事，就躲到妻子身后。外祖父母心里肯定焦急万分，但他们已然退居幕后，真正支撑家业的人又是儿媳妇，所以即便心里窝火，也只能对她笑脸相迎。总之，那种大家庭里，充满着各种算计和心思，真是太复杂了。"

"这种话题很无聊吧？"长篇大论一番后，我又补了一句。

"一点都不无聊。那你怎么办？周旋在这些大人中间，还要学会察言观色，肯定很辛苦吧？"

"倒也没特别辛苦。刚开始是有些不知所措，但摸清其中的门道后就简单了。说白了，我发现这里面有规则，只要按规则来，就没什么难的了。"

"规则？"

"在那种环境里，每个人都戴着一副面具。不能去扯下别人的面具，也别太在乎别人的言行，因为那些都是毫无意义的事情。毕竟，你能看到的，都只是他们戴着的面具罢了。于是，我也决定戴上面具。"

"什么样的面具？"

"简单来说，就是契合当下场景的面具。小时候，是大人们希望看到的模样。不过，也不是单纯扮演优等生那么简单。小时候会戴上捣蛋鬼的面具，长大点就戴上叛逆少年的面具，接着就是青春期的面具，以及对未来感到迷茫的青年面具。关键在于能让大人们欣然接受。"

"真让人难以置信……"

"其实也没什么大不了的。戴上面具后，反倒轻松了许多。不管别人说什么，我都知道他们是对着那张面具说的。我只要躲在面具后面，偷偷吐个舌头，再想想下次该戴张什么面具才能让对方满意，就行了。处理人际关系是一件很麻烦的事，但用了这种方法后，应对起来也就没那么辛苦了。"

"你一直都这样吗？"

"是啊，一直都是。"

树理放下叉子，双手垂到桌子下面。"听着怪孤独的。"

"是吗？我倒不这么认为。其实，每个人都会戴不同的面具生活，你不也一样？"

"真的吗……"

"如果不这样，根本无法在这世上立足。一旦露出真面目，就连什么时候会被人算计都猜不到。这世界就像一场游戏，一场根据不同场景挑选合适面具的游戏。"

"'青春面具'吗？"

"什么？"我放下咖啡杯，追问道，"你刚刚说什么？"

"没，没什么。"

"不，我明明听到了。'青春面具'……你怎么会知道这款游戏？它还没上市呢。"

我紧紧盯着她。她别过头，片刻后，又略带不安地抬眼看我，然后吐了吐舌头。

"对不起，我没经过你的同意……就偷偷看了。"

"看了什么？"

"就是放在那边的那些东西嘛，还有……电脑里的东西。"

我叹了口气，端起杯子，喝了一口咖啡。

"我不是跟你说过别乱动吗？"

"我不是都道歉了吗！我就是太想了解你了，想知道你是一个怎样的人，在什么地方出生长大的。你就体谅体谅我的心情吧。"

"刚才说的那些，就是我的全部过往。日子不算特别幸福，但也没有特别不幸。"

"那你母亲现在……"

"我上高中的时候，母亲再婚了。继父是个建筑材料公司的上班族，看着挺沉稳，对我也挺好。"话刚出口，我就摇了摇头，纠正道，"不对，应该说，他戴着'温柔好男人'的面具，而且估计到现在还戴着呢。"

关于我自己的事情，我都交代完了。树理没有再追问下去。回想起自己刚才絮絮叨叨说了那么多过去的事，我不禁有些后悔。

吃完早饭后，我打开电脑，登录"CPT 车主俱乐部"的网站，一条新留言跳进了我的视野：

二十四小时（SHULI）

早上好。钱我已经准备好了，可对方竟突然提出延期交易，简直气死我了！所以，我决定设置一个二十四小时的时限。如果对方在这期间还不联系我，我就要把事情闹大了！

真不好意思，一大早就在这里发牢骚。

第十二章

不过葛城所说的"把事情闹大",究竟是什么意思？是要报警吗？真没意思，他不会到现在还没报警吧？用这么一句话就想威胁我，他也未免太小瞧我了吧。

树理从浴室出来时，一头秀发已经变成了深栗色。比起原发色，新颜色亮了些，也比之前的偏金色头发看着顺眼多了。

"这个发色更衬你。"我说道，"日本人确实不适合染偏金色头发。"

"大人都这么说。"

"你难道不是大人？"

"我是指'大叔'这个年纪的。"

"看到日本人特有的扁平脸搭配一头偏金色头发，我都忍不住替他们尴尬，一副恨不得告诉全天下自己崇拜欧美人的模样。"

见她神色有些不悦，我又赶忙解释道："我说的是那些普通年轻人，可没说你是扁平脸哟，虽然你的五官也不像欧美人那般深邃立体。"

也许最后一句话有些多余，树理的脸色毫无好转的迹象，她一屁股重重地坐在沙发上。

"那你想出什么好办法了吗？"

"我还在想。"

"还在想？只剩下二十四小时了！"她抬眼看了看时钟，摇了摇头，"不，准确来说，应该是只剩下十七小时了，因为那条留言是早上六点发的，所以截止时间是明天早上六点。"

"那种要求，不用太放在心上。"

"可要是这期间不联系他，他就会把事情闹大了……"

我抬起一只手打断树理的话，顺势拿起音响遥控器。打开 CD，响起播放到一半的《歌剧魅影》。我对这部音乐剧情有独钟，已经反复看过许多遍。故事的主人公是一个用面具遮掩自己丑陋外貌，拼命想要出人头地的可怜男人。

每次看到他，我都会不由得感慨：其实戴着面具生活的，又何止他一个呢？

不过葛城所说的"把事情闹大"，究竟是什么意思？是要报警吗？真没意思，他不会到现在还没报警吧？用这么一句话就想威胁我，他也未免太小瞧我了吧。

但有个问题，我一直也没想通。当时我指定他开往箱崎立体交叉桥时，的确没有发现警察的踪影。这么看来，难道葛城胜俊果真还没报警？

这绝不可能。我摇了摇头。这明显是一个圈套。警方肯定是在放烟幕弹，一旦我们轻举妄动，他们便可不费吹灰之力地收网。

"昨天直接把东西拿走不就行了？"树理抱怨道。

"直接拿走？"

"爸爸的车在箱崎绕圈时，你不是已经确定没有警察跟随了吗？那为什么不直接让他把车扔在那里？等爸爸一走，我们要么把车里的钱取走，要么干脆连车一块儿开走。"

"你也太天真了吧！真要那么做，我们马上就会被警察追上。"

"警察在哪儿啊？不是没有警察吗？"

"怎么可能没有？他们肯定正躲在暗处紧盯着那辆奔驰呢。"

说不定，首都高速公路的各个高速口上都布满了警察。而且，我与葛城胜俊的对话极有可能已被窃听。

回到房间后，我问树理："让人把赎金送到指定地点，并要求送钱的人立即离开现场，然后自己去取赎金的那些人，往往都会被警察抓住，你知道为什么吗？"

"因为他们已经被警察盯上了吧。"

"没错。一旦知道了交接地点，警察肯定会紧紧盯着那里，等待绑匪出现，毕竟这可是抓住绑匪的最佳时机啊。那么，我问你，警察是如何知道交接地点的呢？"

"这还用说？肯定是受害人的父母透露出去的啊。"

"说得对。这就意味着，要尽可能晚通知对方交接赎金的地点。但要是一直不说，送赎金的人又不知道该去哪里。这个度可太难把握了。"

"你可以先跟他们说个大概位置，等快到了，再告知具体的地点不就好了？"

"说得轻巧，真做起来可没那么容易。警察反应速度极快，我们的行动时间甚至不能以分钟来计算，得精确到秒。"

"所以你才想出了这个办法，对吧？"

"嗯，差不多是这么回事。做法基本确定了，就是还得提前做些准备工作。"

"准备工作？"

"到时候你就明白了。"

我打开电脑，揉搓了一番手指后，敲出了如下内容：

尊敬的葛城胜俊先生：

昨日突发意外，以至于我们不得不暂停计划。而这意外，正是警方的介入。我们在监视的过程中产生了这一怀疑。尽管目前尚未查清事实真相，不过如果您已经向警方报案，且警方已经介入调查，那可就太遗憾了，我们只能立即终止交易。当然，葛城树理也将永远无法回到您身边。

我们郑重地警告您，不要让警方参与此事。如果下次交易时，再被我们发现警方介入的迹象，我们就会当机立断，毫不犹豫地选择撤离。请恕不再另行通知，且我们今后也不会再接受交易。

换言之，这对我们双方来说，都是最后的机会。因此，请允许我们在此给出以下几个明确要求，不要再浪费彼此的时间了。

·三亿日元赎金，请尽量装在一个小包内，建议使用旅行箱。箱子无须上锁，但必须确保开启时，箱内的钞票不会直接暴露在外。请用黑色塑料袋将钞票包裹严实。严禁安装跟踪器等追踪装备，一旦发现此类迹象，您将会被视作违约。我们已配备专业工具，可精准检出跟踪器。

·请提前准备好便笺、笔及透明胶带。

·此次请让葛城夫人负责运送赎金，车辆也请使用葛城夫人的那辆宝马。与赎金一样，无论是葛城夫人本人还是运送车辆，均不得安装跟踪器。在交易过程中，一旦发现此类跟踪装置，我们将立即停止交易。

·请给葛城夫人准备一部手机，并将该手机的号码发布至联系用的网站。

我方将在二十四小时内主动发起下一次联络，请随时待命。

我将内容仔仔细细读了四遍，随后通过之前的虚拟邮箱地址，给葛城胜俊发送了电子邮件。事情发展到这一步，我们已经彻底无法回头了。

"你真有办法发现跟踪器？"树理问道。

"办法多的是。金属探测器或者电波探测器都可以。"

"可那些东西，不是都得等拿到赎金后才能派上用场吗？"

"没错。"我露出一抹狡黠的笑。

"那你给出这些要求，不就没有意义了吗？"

"多少会有威慑作用，也可以说是一种威胁。对方摸不透我们的底牌，也就只能乖乖配合了。"

"他们真的会乖乖配合吗？"树理歪着头问道。

"我觉得他们不会在赎金上安装跟踪器。毕竟即使交易顺利完成，他们也不想因此激怒罪犯，弄巧成拙。如果他们真打算装跟踪器，十有八九会装在送钱的人身上或车上。"

"妈妈或那辆宝马吗……"

"所以，我们得先备好应对之策。放心，我已经有办法了。"

"说来听听。"

"你就等着看戏吧。"

"又来这套？"树理紧皱眉头，脸上写满了不快，"我最讨厌你这种故弄玄虚的样子！你到底有没有把我当合作伙伴？"

"你可是我独一无二、至关重要的合作伙伴。没有你，这次的计划绝不可能成功。不，应该说没有你，就不会有这次的计划。所以啊，你可比我重要多了。"

我的话似乎让她的心情稍微好了一些。她那双大眼睛又开始闪烁起光芒，不过那光芒中似乎隐隐藏着一丝紧张。

"那我该做些什么？"

"演戏。"我看着她的眼睛说道，"这可是个重要的任务呢！非常非常重要。"

第二天是周一，我在同样的时间醒来，起床。只不过，昨晚睡得并不安稳。一想到真正的较量即将拉开帷幕，内心便激动难抑，刚有些迷糊，转瞬又清醒过来。就这么反复折腾了一晚上，醒来后依旧有些头昏脑涨。

洗漱完毕后，我如常做着体操，突然听到床上传来了树理的声音。

"你已经起床了吗？"

她的眼睛有些红，看样子昨晚也没睡好。

"我得去公司了。"

"去公司？在这么关键的时候？"

"正因为今天很关键，才更不能请假，一定要装作若无其事。如果将来被人怀疑，发现我正好在今天请过假，岂不就麻烦了？"

"你觉得我们会被怀疑吗？"

"这个嘛……"我一边做着俯卧撑，一边摇了摇头，"应该不至于吧。"

"所以……"

"好啦。"我打断了她的话，"今天就是个再平常不过的周一，所以我照常去上班、开会、写策划案。我可不想为了区区一场游戏打乱原本的生活节奏。"

树理没有说话，不知道她是否听懂了我的意思。

吃早饭的时候，我和树理对计划进行了最后一次讨论。今天我要去公司，所以计划只能等回到家之后再执行了。当然，我今天不会加班。

公司里又有一堆无聊的工作在等着我了，还得参与一个偶像艺人的推广项目。这个项目原本是打算让偶像与游戏角色进行联动的，但这种策划实在是太常见了，几乎每家公司都在这么做，毫无新意。所以，当被征求意见时，我如实表达了自己的观点。这话一出，现场气氛瞬间凝固。会议主持人问我有什么好的创意。

"找几个长相一模一样的女孩怎么样？"我灵机一动，脱口而出。

"找几个身材和脸形都十分相似的女孩，通过化妆让她们看起来一模一样。想象一下，十个'长得一样'的人站成一排，真正的偶像也混在其中，接着让大家来猜谁才是本尊，不用当场揭晓答案。我觉得这个噱头应该会很吸睛。"

"这么做或许的确可以达到吸睛的目的，可是起不到推广偶像的作用啊。如此一来，偶像不就成了一种单纯迎合市场喜好的商品吗？"有人质疑道。

我没有反驳。实际上，他说得有道理，不过有句话，他说得不对——偶像不是单纯迎合市场喜好的商品。可我选择了沉默，因为在这项工作中，根本没人会在乎我的意见。

下午，我偷偷登录"CPT车主俱乐部"的网站看了看，留言板上出现了一条来自"SHULI"的新消息。经常访问这个网站的人，或许已经对这个最近频繁发帖的网友产生怀疑了。

终于等到了（SHULI）

大家好。刚刚收到卖家的新消息，对方终于愿意签合同了。只不过对方提出了一大堆条件。真够烦人的，我明明早就已经告诉过对方，只要能拿到爱车，无论什么条件都会答应，结果还让我等了这么久。我想换个车牌号了。

4×××和7×××，现在我比较喜欢这两串数字。

啊，真想快点完成交易啊。

我把上面的数字记了下来，这大概就是葛城夫人的手机号码了。如此一来，一切准备就绪。

就在我准备关掉网页时，小塚正好走了过来。我迅速将电脑屏幕切换到策划案的页面。

"进展如何？"小塚谄媚地笑道。这副模样，准没好事。

"还行吧，正忙着新工作呢。"希望他能听出我话中的讽刺，毕竟我就是故意这么说的。

小塚挠了挠头。"你好像对栗原优美的推广项目不太感兴趣啊。"

估计他已经从参会人员口中听说了，我能想象那些人在背后是怎么编派我的。

"没有，我不过是按照自己的想法提了些意见罢了。"

"你说的那个'十人分身'的创意，我觉得挺好的。"

我的嘴角微微上扬，一想到对方是出于同情才说出这些违心话的，比起恼火，我更多的是觉得悲哀。我现在都已经成了一个需要同情的人了？

"三点跟我走一趟，我们一起去个地方。"

"去哪儿？"

"日星汽车总部。"

我转过头看向小塚，但他避开了我的目光。

"真是奇怪。明明已经把我一脚踢开了，又总爱叫我过去。他到底是怎么想的？"

"老实说，我也不太清楚。只是对方要求的会议出席者名单上写了你的名字，我才来叫你的。"

"到底是谁这么反复无常？总不能是葛城先生吧？"

"谁知道呢！听说葛城先生也会出席会议，要不你干脆当面问问他？"

"葛城先生？不会吧。"

"不会有错，刚收到的传真上就是这么写的。"

即便小塚说得非常笃定，我也还是觉得难以置信。葛城胜俊到底怎么回事？自己的女儿被绑架，赎金交易迫在眉睫，他居然还有心情出席会议？还是因为他觉得反正赎金交易都会在今天白天完成？无论如何，我还是觉得奇怪。

"怎么样？你要是不想去，我也绝不勉强。你大可以用手头还有重要工作为由推托，毕竟当初是他们自己决定换掉你的。"

"不，我去。"我说道，"去见见葛城先生也不错。"

小塚笑着抬手拍了拍我的肩膀，也不知道他是怎么理解我这句话的。

下午三点刚过，小塚就带着我及其他几位负责新车宣传活动的同事，一道前往位于新宿的日星汽车东京总部。一路上，杉本完全没有搭理我。估计他也觉得很奇怪，今天怎么就带上我了呢？

路上几乎畅通无阻，所以我们到得比预计时间早了一些。一进公司，杉本他们就径直去了会议室。无事可做的我索性走出房间，通过自动售货机买了杯速溶咖啡后，朝摆着许多观赏植物的吸烟区走了过去。小塚正在那里抽烟。

"听杉本他们说，日星的情况好像不太乐观。"

"为什么？"

"可以说是朝令夕改吧，据说他们一直在调整方案。经济萧条了这么久，哪怕是日星这么大的公司，也难免会变得畏首畏尾啊。"

我默默点了点头，只不过应该不单纯是经济萧条的原因吧。朝令夕改的真正原因，恐怕是葛城胜俊的精神状态有问题吧。

就在我打算向小塚追问日星的具体情况时，他突然有些紧张地看向了我身后。仅凭这一反应，我就立刻猜到了来人的身份。回头一看，果然看见了单手插兜的葛城胜俊。

第十三章

树理给出的指示是"立刻带上钱出发",但没有明确说明去哪里,只给出了"沿着某条道路向西走"之类的模糊指示。

与此同时,树理也给葛城胜俊打了电话,就是刚才让他中途离场的那通电话。她给葛城的指示很简单:"准备好纸箱和胶带,随时准备开奔驰出发。"

"在百忙之中还让你过来一趟，真不好意思。"葛城胜俊向我们走来。他穿着一套笔挺且合身的深蓝色双排扣西装，笑容中透露着从容。

"哪里的话，您太客气了。"小塚站着回应道。

"针对你们前几天提交的方案，有些细节还想跟你们确认一下，所以就突然把你们给叫过来了。"

"这么说，今天的会议是副社长您要求开的吗？"

"嗯，差不多是这样。我这个人心里一有事就坐不住，总想尽快解决。"葛城胜俊说罢，看了看手表，"时间差不多了，去会议室吧。"

"那个，我今天把他也带来了。"小塚说着，看了我一眼。

葛城胜俊随之看向我。我点头致意。他只是匆匆扫了我一眼，便移开了视线。

"他来做什么？"葛城胜俊问小塚。

"是这样的，贵公司发来的书面通知中，写着要求佐久间一同参会。"

"嗯？"葛城胜俊不解道，"这是怎么回事？我不太清楚。估计是负责安排的人照着旧名单，稀里糊涂地发了通知吧。算了，这没什么要紧的，先去工作吧。"说完，他便先走了。

小塚凑到我的耳边问道："你打算怎么办？"

"什么意思？"

"你也看见葛城先生的态度了，显然他没有打算叫你来。如果你也参会，估计只能干坐着吧。要不干脆直接回去算了？"

说实话，我也想拍拍屁股走人，但话到嘴边，又被我咽了回去。

"来都来了，就听听他到底要说什么吧，反正公司里也没什么要紧事等我处理。"

或许是听出我的话中带着几分不悦，小塚有些不高兴地点了点头。

我借口要去一下洗手间。从小塚身边走开后，我找了一处隐蔽的角落，掏出手机，拨通了树理的电话。

"喂，怎么了？"树理的声音里透着不知所措，显然她没料到我会这么快打来电话。

"计划有变，三十分钟后开始执行。"

"三十分钟后？等等，你别这么突然啊！"

"不管是三十分钟后还是五小时后，要做的事不都一样吗？"

"可我得有个心理准备啊！"

"所以我已经提前三十分钟告诉你了啊，你有三十分钟的时间做心理准备。"

"等等，最后的收尾工作怎么办？按之前商量好的来吗？如果对方不相信我们怎么办？"

"他们会相信的，他们没有理由不相信。"

我十分自信。树理沉默了，似乎还叹了口气。

"真的没问题吗？"

"放心吧。玩这种游戏，我还从来没失手过。"

"好吧，既然你都这么说了，我也豁出去了。那就三十分钟后开始。"

"是的。"

"你那边什么情况？还在公司吗？"

"在你爸爸的公司呢，接下来要和你爸爸开会。"

"啊？"

"一切就交给你了，全靠你的演技了。"

"呼——"电话那头传来了一声叹息。

"知道了，我尽力，但如果情况不对，我会立即停止。"

"放心吧，一定会顺利的。"

挂断电话后，我走向会议室。三十分钟后，我将在另一场游戏里与这个对手展开对决。

这场会议讨论的是关于使用网络摄像头的方案。日星汽车将在即将发布的新车上配备摄像头，有购车意向的顾客可以通过网络观看影像。借助影像，他们不仅可以欣赏到风挡玻璃外的街景，还可以清晰地看到车内状况、仪表盘数据以及各处后视镜的情况。这可以说完美地模拟了驾驶员的全部视野。顾客只要轻点鼠标，就能随心切换摄像头视角。如此一来，即便足不出户，也能身临其境地体验试驾新车的乐趣。这个创意确实不错。但从本质上来说，这和电视上常见的那些新车资讯节目又有什么区别呢？不过，相比我之前策划的"汽车公园"项目，这个方案倒的确节省了不少成本。

"由于网速受限，如何在影像中还原速度感与临场感，就成了一个重要问题。关键在于我们选择哪条路。我觉得，如果将拍摄地点选在海外，呈现的效果一定会更加震撼。"杉本说完这番话后，我们公司的员工纷纷点头表示认同。当然，除了我。

葛城胜俊举起了手，现场的气氛顿时紧张起来。

"我们可不打算在深夜节目里展示新车。"

葛城胜俊的话让我有些惊讶，他竟和我想到一块儿去了。

"我们不需要依靠花里胡哨的画面来博眼球，那些东西毫无意义。我们要传达出去的是这款新车在性价比方面的优势。重点不在于制造话题，而在于精准传达真实的试驾感受。要实现这一点，就必须在普通人日常出行的道路上进行拍摄。给顾客展示澳大利亚或加利福尼亚的画面，如何能让他们产生共鸣？"

这话虽然说得有些不客气，但我不得不承认，葛城胜俊的观点十分在理。我偷偷瞥了一眼杉本和小塚，只见他们面面相觑，似乎有些不知所措。看来，他们确实打算把拍摄地点定在澳大利亚之类的地方。

我看了看时钟，距离我给树理打电话已经过去了二十七分钟。

秒针又转了三圈。我偷偷地看了看葛城胜俊脸上的表情，看上去没什么变化，仿佛正努力听着那些枯燥乏味的报告。

没过多久，那张沉着冷静的脸就突然沉了下来。葛城胜俊将手伸进西装内袋。果不其然，这家伙没关机。

"抱歉，失陪一下。"说完，他便离开了会议室。

会议被迫中断。日星汽车的员工们窃窃私语，似乎都觉得副社长很少会为了接电话而离开会议室。

不久后，葛城胜俊回到会议室，对着部下的耳朵低语了几句。部下点了点头后，葛城胜俊便再次急匆匆地走出了会议室，甚至连招呼也没打一个。

"各位，葛城先生临时有急事，需要暂时离开。不过，他让我们继续开会。"

"可是如果葛城先生不在，这个会好像也没必要继续开了吧？"

"没关系，葛城先生的想法，我已经大致了解了。"

"是吗？"

小塚难得板着脸。毕竟提出开会的关键人物提前退场，任谁都会觉得不悦。

我凑近小塚，说道："社长，我先回公司了，再待在这里好像也没什么用。"

小塚点了点头，仿佛在说"随便"。他哪还有心思理会我。

走出会议室后，我忽然想去停车场看看。此时此刻，葛城胜俊应该正在高管专用停车场里急匆匆地发动他那辆奔驰吧。不过，要是被人看到我在停车场里东张西望，说不定会惹出大麻烦。我强忍住冲动，朝正门走去。

在日星汽车总部大楼前，我拦了一辆出租车，让司机往青山方向开。在公司附近下车后，我又立刻换了一辆出租车，让司机开往浅草方向。我看了看手表。

树理应该会先往家里打电话。接电话的人，自然是葛城夫人。葛城夫人会对那位外室的女儿树理说些什么呢？她身边有刑警守着，至少会假装关心一下吧，但心里肯定在不停地咒骂这个女儿害她损失了三亿日元。

树理给出的指示是"立刻带上钱出发"，但没有明确说明去哪里，只给出了"沿着某条道路向西走"之类的模糊指示。

与此同时，树理也给葛城胜俊打了电话，就是刚才让他中途离场的那通电话。她给葛城的指示很简单："准备好纸箱和胶带，随时准备开奔驰出发。"

我给树理打了电话。

"喂，是我。"树理的声音听起来有些兴奋。

"情况怎么样？"

"我都按照你说的做了。妈妈很快就到新宿了。"

"好，那就进行下一步。我现在正往约定地点赶。"

"知道了。"说完，她便挂断了电话。

我收起手机，想象着葛城夫人驾驶宝马停在东京都厅前的场景。树理也给葛城胜俊打了电话，让他同样开往那个方向。

宝马后面大概跟着警察吧。车上或夫人身上，想必也早已安装了跟踪器和窃听器。所以，我们的首要任务就是除掉这些设备。为此，必须更换送赎金的人和车辆。

树理会在下一通电话中提出将赎金从旅行箱转移到纸箱里，然后由葛城胜俊开奔驰运送赎金。这样一来，就能顺利摆脱那些麻烦的设备了。

我把这个计划告诉树理时，她皱起了眉头。

"就算换了车和人，万一他们又偷偷把跟踪器或窃听器重新装上，我们不就前功尽弃了吗？"

我立刻摇头道："他们不会这么做的。"

"你怎么知道？"

"要是安装设备的时候被人看见，不就糟糕了？你父母又不是警察，哪有本事在神不知鬼不觉的情况下重新装好那些设备？"

"可是我们也看不见啊。"

"对方怎么知道我们看不见？"

"啊……是啊。"

"或许绑匪正在某处监视着——只要让对方这么想，我们就能在这场游戏中抢占先机。这跟玩扑克牌是一个道理。"

在颠簸前行的出租车上，我祈祷着树理能顺利完成接下来的计划。敌人深信树理是在绑匪的指使下打的电话，他们估计做梦也没想到她是在单独行动。仅凭这一点，我们就犹如拿到了一副同花顺。

我在驹形桥附近下了出租车，打算从这里走过去，顺便在脑中梳理一下接下来的计划。没问题，一定会顺利的。

高速公路旁矗立着一栋高楼，那是一家啤酒公司的大楼。我搭乘电梯直达顶层，那里有个兼作观景台的啤酒餐厅。我在入口处买了生啤酒券。

店内所有的座位均为面向窗户的 U 形吧台位，里面已经坐有几位客人。我在左边的角落坐下后，从包里拿出望远镜，将镜头对准高速公路。在这里观景不是什么稀奇事，所以没人会注意到我。更何况，客人们都忙着欣赏窗外的景致。至于店员嘛，能看到的只有客人的背影而已。

如果树理那边进展顺利，那么此刻葛城胜俊驾驶的奔驰就该朝这边驶来了。我有些坐不住了。要是树理再不来，那可就麻烦了。

就在我准备看手表时，肩膀突然被轻轻拍了一下。树理在我左边的位置坐了下来。她身着一袭淡蓝色的连衣裙。

"葛城他……"我低声问道。

"刚上高速。"她言简意赅地答道。

我举起望远镜。镜头的倍数虽高，但要在川流不息的车流中精准找到葛城胜俊的奔驰，也实属不易。

"给他打个电话，确认一下位置。"

树理依言行事。电话很快就接通了。

"喂，是我。你现在在哪里？"她压低嗓音问道，"啊？刚进向岛线？"

我重新调整了望远镜。从箱崎到这里，要是不堵车，几分钟就能到。

"照直往前开……抱歉，我也不清楚目的地是哪里。"

树理没有挂断电话。这是一部实名黑卡手机，所以不会出现通话中断的情况。不过，等这场游戏结束后，就得立刻处理掉它。

我的视野中出现了一辆银灰色的奔驰，正行驶在机动车道上——肯定是它！虽然看不清司机的脸，但直觉告诉我，就是这辆车。

我在心里估算了一下距离，然后开口说道："过了驹形之后，让他在向岛出口下高速。之后该怎么做，你应该清楚吧？"

借着眼角的余光看见树理默默点头后，我拿出自己的手机，拨通了事先保存好的号码。

"您好，这里是日星汽车向岛经销店。"电话那头传来一个年轻女子的声音。

"你好，我是日星汽车董事办公室的田所，请问负责人在吗？"

听到是董事办公室打来的电话，对方似乎有些惊讶。

"啊，在的，请稍等。"

一旁的树理也正向她的父亲发出指示。

"爸爸，在向岛出口下高速……总之，你先下高速。"

我这边的电话里也有了回应。

"您好，我是店长中村。"

"我是董事办公室的田所。突然打扰，实在抱歉，主要是有件急事想请您帮忙。"

"请问是什么事？"中村的声音里带着一丝紧张。

"副社长正开着自己的车在您附近的路上行驶，不过车子好像出了故障。"

"副社长的车……"中村一时语塞，也许这出乎他的意料吧。

"车子的问题已经联系JAF①处理了，不过现在还有件棘手的事。"

"在向岛下高速了吗？如果下了，就沿着墨堤大道南下……不

---

① 即日本汽车联合会，是日本的汽车服务组织，提供道路救援等紧急帮助。——译者注

是，南下就行，往回走。"

树理用低沉且不容置疑的声音给出指令。我一边听她说话，一边继续推进手头的工作。

"我想请您尽快将副社长车上装的货物转运到指定地点。我刚刚看了一下地图，发现贵店离副社长所在的位置最近，所以给您打了这个电话。"

"那个……这样的事情，我应该可以办好的。不过，我该去哪里找他呢？"

"具体位置我一会儿告诉您，麻烦您先在高速公路入口处等待。贵店离向岛高速口不远吧？"

"嗯，是的。"

"那稍后再联系您。方便问一下是哪位过去吗？"

"啊，我亲自过去。"

"那么，能否告诉我您的手机号码？"

顺利问到对方的手机号码后，我也把自己的手机号码告诉了对方。当然不是我自己的号码，而是树理此刻正在使用的那部实名黑卡手机的号码。

挂断电话后，我一边喝着生啤酒，一边听着树理和她父亲的对话。

"对，再从向岛高速口上高速……我也不知道为什么要这么做，我只是按照他们的指示来说。"

我举起望远镜，还没有看到奔驰。

想必警方还在不远处悄悄尾随。从向岛高速口驶出后，再掉头驶上高速——如果警方跟踪这种反常的行驶路线，很可能会向绑匪暴露自己的行踪。但是，在没有跟踪器和窃听器的情况下，警方就只能硬着头皮继续追踪。或许他们也会担心人质的安全，但我相信他们最终还是会选择追上去。

如何甩掉警方，便是最后一道难关。

看见奔驰了！我向树理伸出手，她将手机递给了我。

我将手机贴在耳边，深吸了一口气，开口说道："Hello, Mr. Katsuragi.（你好，葛城先生。）"

或许是突然听到男人的声音，而且说的还是英语，对方愣了一下，没有回应。

我继续用英语说下去。

"从现在开始，我们用英语交流，没问题吧？如果监听这通电话的警方恰好精通英语，那我只能自认倒霉。听着，在前方大约三百米处的停车场停下，把车停在合流车道的最末位置。听明白了就回答'Yes（没问题）'。"

"Yes（没问题）。"

"Excellent（很好）。"

我用望远镜观察驹形停车场。那辆奔驰打了转向灯后驶入其中，后面没有其他车辆跟进。在奔驰之前，也未见有车驶入。看来，尾随的车辆没能及时做出应对，一切都如我们所计划的那样顺利。

"关掉发动机，别锁车门，离开车子。那边有休息室，进去。"

电话里传来车门打开又关上的声音，紧接着，葛城胜俊开口说道："做这种事根本没意义，打从一开始就没有警察跟着。"

"少废话，按我说的做。"

"我只想让树理平安回来，钱我会照付的。"

"说了让你别废话。现在开始倒数，从一千数起，而且要用英语数。"

"完全没必要，我根本就没报警。"

"让你照做就照做！"

一声叹息后，葛城胜俊开始倒数："one thousand（一千），nine hundred ninety-nine（九百九十九），nine hundred ninety-eight（九百九十八）……"

"继续数下去。"

我用另一部手机拨通了中村的电话。

"喂，我是田所，您现在在哪里？"

"啊，嗯，我在向岛高速口附近，随时可以出发。"

"您开的是什么车？"

"白色的面包车。"

"那就请您立即出发吧。副社长的车停在驹形停车场，是一辆银灰色的奔驰，他现在应该不在车上，不过车门没有上锁。请把车里的纸箱拿出来。"

"我要把纸箱送到哪里去呢？"

"清洲桥旁边有一家新航站酒店，有位叫松本的女士会在酒店入口处等您，交给她就行。"

"清洲桥的新航站酒店，对吧？"

"是的，拜托您了。副社长也交代了，日后再好好向您致谢。"

"不必如此客气。"

"这是应该的，这次多亏了您帮忙。"

挂断电话后，我向树理使了个眼色。她把那部能听到葛城胜俊用英语倒数的手机递给了我，我起身走出店门，用望远镜来回扫视那条路，很快就看见一辆白色面包车驶了过来，接着开进了驹形停车场。此时，葛城胜俊还在倒数。不知他会不会发现赎金即将被劫走。

要是警方在监视，此时就该行动了。可我观察许久，却毫无迹象。

片刻后，面包车驶出了停车场。见状，我立刻起身，挂断了葛城胜俊的电话。

我乘坐出租车回到了自己的公寓，接着，发动自己的MR-S再次出发。

在新航站酒店旁停好车，我慢悠悠地朝入口走去。

树理似乎看到我了。自动门随即开启，她走出来，交叉着双臂。

"东西呢？"

"已经到手了。"她咧嘴一笑。

第十四章

"我只是突然想到，其实游戏没有完全结束，还剩最后一个关键步骤……"我竖起食指说道，"归还人质。 你得装成一个无辜的受害者——被冷酷的绑匪囚禁，甚至还被迫协助他们取走赎金。 现在，是时候把你送回那个疼爱你的爸爸身边了。"

确认纸箱上没有窃听器和跟踪器后，我在车上将成捆的钞票转移到另一个包里，接着扔掉纸箱，返回公寓。我的心跳急剧加速，深吸了好几口气后，我才终于平静了一些。树理在车上一言不发。

一进房间，她便扑过来抱住了我。

"终于成功了，大获全胜！"她的呼吸有些急促，毕竟完成了一项重大任务，也难怪她会如此激动。

我把树理环在我脖子上的手移开，看着她的眼睛，发现里面已布满血丝。

"你做得很好。不过，先别急着庆祝，还有最后的收尾工作呢。"

"要做什么？"

"我得先回公司一趟，你先好好休息。"

"我能数钱了吗？"

"不行，先别碰。实在忍不住的话，记得戴上手套。"

"手套？"

"等我回来再跟你解释。"

我在树理的唇上轻轻一吻，旋即离开了房间。

回到公司后，我若无其事地坐在自己的办公桌前。没人察觉到异样。去日星汽车的同事们似乎还没回来。

我打开电脑，稍做思索后开始打字。

尊敬的葛城胜俊先生：

货物已经收到，不过内容尚未查验。

查验完毕后，葛城树理就会安然无恙地回家。

不过，若我们发现有警方介入，那就另当别论了。关于归还葛城树理的具体安排，后续会另行通知。

确认无误后，我用虚拟的邮箱地址发送了邮件。确认已经发送成功后，我在电脑上删除了邮件内容。这个邮箱以后也不会再用了。

小塚他们回来时，刚过下班时间。看到我还坐在办公桌前，小塚走了过来。

"今天不好意思啊。"

"没事。对了，会议进展得怎么样了？"

"总算确定了大致方向。从明天开始，估计就该有的忙了。"

"不是还得等葛城先生的进一步指示吗？毕竟他中途离开了呀。"

"不，他后来回来了。"

"啊？葛城先生回来了？"我惊讶得连声音都变了。

"嗯，赶在会议快结束时回来了，说是事情办完了，于是当场就批准了。总算没白跑一趟。"

"是吗……"

实在难以置信。照这么看，葛城胜俊在交付赎金后就立刻赶回了公司。怎么回事？一般来说，他在交完赎金后肯定要先和警方取得联系，然后一同商量后续的对策，怎么可能有闲心回来开会？

"怎么了？"小塚一脸疑惑地看着我。

"没，没什么，能顺利推进就好。"我礼貌性地笑了笑。

离开公司回家的路上，我满脑子都是疑问，怎么也想不明白。

白天葛城胜俊在电话里说的话，此刻又在我耳边回响起来。

"做这种事根本没意义，打从一开始就没有警察跟着。"

"我只想让树理平安回来，钱我会照付的。"

"完全没必要，我根本就没报警。"

葛城胜俊再三强调没有报警。我一开始就不信，现在也依旧不信。可若真是如此，很多事情便难以解释，包括先前利用箱崎立体交叉桥观察对方举动的情景。

回到公寓时，树理正坐在沙发上看电视。茶几上，成捆的钞票被码放得整整齐齐。那可是三亿日元啊！场面可谓壮观。

"你该不会直接用手码的吧？"

"我戴了这个。"树理晃了晃手上的橡胶手套，"不过，为什么不能直接用手碰呢？"

"谁知道里面藏了什么机关。比如，钞票上可能涂了特殊液体，手一碰就变色，而且没有特定溶剂根本洗不掉。"

"还有这种东西啊？"树理有些害怕地盯着钞票。

"只是听说过类似的传言而已。还有一种会在一定时间后开始变色的化学药品。一旦绑匪花了这些钱，用不了多久，收钱的人就会觉得奇怪，然后报警。"

"居然有这么多花样啊。"

"所以，这两三天最好别碰这些钱。如果这几天没有出现任何异常，那应该就没问题了。"

"你可真厉害啊！"树理说道。

我能听出她并不是在调侃我，而是真心佩服，这让我有些意外，不禁回头看了她一眼。"怎么突然这么说？"

"感觉你不仅什么都懂，还能预测未来呢。看这次赎金交接得多顺利，我们几乎没怎么费劲，只靠打几个电话，就轻轻松松拿到了三亿日元。"

"不用这么夸我，反正你那份一分都不会少。"我笑道，"你能拿到两亿七千万日元，马上就要成为有钱人了。"

"真的可以拿这么多吗？"

"如果按你本该继承的数额来算，这些可能还远远不够。我只要三千万日元就够了。玩了一场这么有意思的游戏，还赚到了一大笔钱。"

"顺便狠狠羞辱了葛城胜俊一番，对吧？"

"算是吧。"我嘴上笑着，可心里却掠过一丝不安。真是这样吗？我真的赢了葛城胜俊？

"怎么了？"树理见我神色有异，开口问道。

"我只是突然想到，其实游戏没有完全结束，还剩最后一个关键步骤……"我竖起食指说道，"归还人质。你得装成一个无辜的受害者——被冷酷的绑匪囚禁，甚至还被迫协助他们取走赎金。现在，是时候把你送回那个疼爱你的爸爸身边了。"

"最后再坚持一下，演好我的角色就行了吧？"树理挺起胸膛说道。

"这次的表演可不轻松。我不能再陪在你身边了，所以无论发生什么事，你都得自己面对。而且，这不是一次短暂的表演，从今往后，你都要以'被绑架的受害者'身份生活下去。"我坐到树理身旁，伸手从背后一把将她拉进怀里，"你做好心理准备了吗？"

树理连眨了两次眼睛，静静地看着我。

"你别忘了我是谁，我可是葛城胜俊的女儿。"

"说得也是。"我点点头。

把树理送回家并不难。只要把她迷晕后放在一个人迹罕至的地方，然后联系葛城胜俊就行。当然，树理并不需要真的被迷晕，只要配合演好这场戏就够了。

真正的难题才刚刚开始——接下来，她就需要挑战精湛的演技了。

"警方首先会问你被绑架时的具体情况。"我看着她说，"这部分我们之前已经讨论过了，还记得吗？他们会问你为什么那么晚还偷偷溜出家门。来，你打算怎么回答？"

"那天晚上我……"树理露出一副陷入回忆的神情，继续说道，"因为面霜的事和千春吵了几句，心情很糟糕，就想去常去的那家店散散心。之所以偷偷溜出去，是因为不想被父母唠叨。"

嗯，记得很清楚。真不愧是树理。

"请详细描述一下你被绑架时的情形。"说完，我佯装把话筒递到树理面前。

"我出门后没走多远，就看到一辆车突然停在我旁边。我觉得奇怪，刚准备看清楚，突然就被人从背后抱住了。我想求救，但那时我已经被一块类似手帕的东西捂住了嘴。之后的事……就记不太清楚了。"树理边说边回忆，说到这里，还露出了一副"我表现得不错吧？"的表情。

"接下来的部分才是关键。等你说到自己被关在绑匪的藏身点时，警方一定会追问那是个怎样的地方。到时候，你打算怎么回答？"

这部分可得动点脑筋，一旦出现丝毫破绽，就会引起警方的怀疑，说不定他们就会猜到这可能是一场自导自演的假戏。

要是随口瞎编，说不定又会在某个细节上露出马脚。

"被蒙上了眼睛。"我说道。

"什么？"

"你告诉警方，你醒来时就发现眼睛被蒙住了，什么也看不见。而且，双手被反绑在背后，被丢在了一个像是床上的地方。"

"脚呢？"

"没被绑。"

"为什么？"

"因为没必要。在眼睛看不见，双手又失去自由的情况下，大多数人根本无法行动。要是再把人质的脚绑住，绑匪反而会很麻烦。例如每次要带你上厕所，都得先解开绳子，完事后再绑上，这不是给自己找事吗？"

"明白了。"她点了点头。

"你就这么跟警方说，每次你试图动弹，就会听到一个女人的声音：'别想从床上起来，只要你乖乖听话，我们不会对你怎么样的。'"

"听着好酷啊。"

"没错，是个相当酷的女人。说到很酷的女人，你脑海里最先浮现的是谁？"

树理微微歪了歪头，说："江角真纪子①吧。"和我想象中的场景有些不太一样，不过也无妨。

"行，就这么定了。警方肯定会追问这个女人的声音有什么特点，大概几岁，有没有口音之类的。到时候，你就联想江角真纪子，就当听到的是她的声音，然后照实回答警方的问题。"

"如果警方问我是不是听过这个声音，我能直接说像江角真纪子吗？"树理调皮地笑了。

"完全没问题。警方总不可能真去找江角真纪子核实，就算真去了也无所谓。"

"所以是那个很酷的女人负责看管我吗？"

"除了看管，也负责给你送饭。虽然你当时没什么胃口，但在她的强硬要求下，也只能勉强吞下去。既然是蒙着眼，那就不能吃太烫或者吃起来比较麻烦的食物。这么说来，三明治应该是最合适的东西了。吃饭的时候会暂时解放你的双手，但会把你的脚绑起来。好，就这么定了。"

---

① 日本女演员。——译者注

"吃饭的时候，双手可以自由活动，但双脚被绑着……"树理似乎在脑海里想象着这个场景。

"'江角真纪子'还有一个任务，就是陪你聊天。她会挑选一些和案件无关的话题跟你聊，比如明星、时尚、体育之类的。"

"那爱情的话题呢？"

"这个嘛……"我摇了摇头，"我们就设定成一提到爱情的话题，她就变得沉默寡言。因为她是绑匪的同伙，警方很可能会猜测这次的主犯是她的男朋友或者丈夫，那就必然会问你她都说过哪些关于爱情方面的事情。那可就麻烦了，你的'表演'压力也会更大。"

"原来如此。"树理一副恍然大悟的样子，"我能问个问题吗？"

"什么？"

"我上厕所的时候，眼睛也被蒙着吗？什么都看不见的话，我怎么上厕所？'江角真纪子'会帮我吗？要是那样，我可不太愿意。"

我苦笑着点点头。她的话确实在理，同时这也是必须确认清楚的关键细节。

"那就这样吧，你跟她说想上厕所后，她会把你牵过去。进厕所后，她会帮你摘下眼罩。"

"两个人一起进厕所？"

"的确有些挤，但没办法。作为绑匪的同伙，她肯定不想透露太多信息。眼罩一摘，她就会出去。那段时间是你为数不多的自由时间，你可以慢慢上厕所，或者做些其他事情。"

"你这说法真怪，像个老头子一样。"

"比如，你肯定会仔细打量厕所内部。大致情况是这样的：墙壁是混凝土材质的，内部只有一个小型换气扇，没有窗户，照明用的是白炽灯，放有备用卫生纸、卫生用品等。马桶是西式的，还配备了温水冲洗装置。"

"太好了！"树理轻轻拍了拍手。毕竟要在没有温水冲洗功能的坐便器上解决生理需求，对她来说可能有些无法想象，不过这大概会成为未来的一种生活趋势吧。

"厕所门是木质的，原本可以从内部上锁，是那种横向滑动的金属扣件，但绑匪担心你会把自己反锁在里面，所以把扣件拆除了。"

"记不住啊！"树理皱着眉头，双手握拳夹住自己的脑袋，"真想做下笔记。"

"警方还会问你，上厕所时或者去厕所的路上有没有听到什么声响？"

"如果我说什么都没听见，应该会更稳妥吧？"

我摇了摇头。

"人一旦被蒙上眼睛，听觉往往会比平时更敏锐。要是说什么都没听见，反而容易引起怀疑。最好还是说听到了些声音。"

树理"啪"地打了个响指。"汽笛声！"

"不错！"我点点头。这姑娘反应可真快。

"打第一通电话的时候，你特意跑去了横须贺，不就是为了让对方听汽笛声，好让他们误以为我们藏在港口附近吗？那我说听到汽笛声就肯定不会错了。"

"没错！不过，也不能说经常听到这个声音，否则绑匪没道理注意不到这个问题。你可以说只听到过一两次，而且感觉是从遥远的地方传来的。"

"明白。那我只听到过汽笛声？"

"只能听到汽笛声……确实有点奇怪。那就加上汽车经过的声音吧。毕竟这年头，想要找个完全听不到汽车声的地方反而不容易。"

"船和汽车……"树理一脸享受游戏的模样。

"好了，下个问题。你接触过的人，不能只是那个酷酷的女人，至少还得有个绑匪，而且是个男人。"

"我懂，就是那个去拿赎金的实行犯吧？"

"'实行犯'，你还知道这么专业的词呢。没错，按照我们的剧本，你至少有过三次和这个实行犯一起行动的经历。第一次，就是打第一通电话的时候，警方会让你详细讲讲当时的情况。"

"哎呀，越来越麻烦了……"树理一脸不耐烦地挠了挠头。

"他们肯定会用尽所有办法的，毕竟赎金被绑匪毫不费力地拿走了。他们肯定想从你口中得到尽可能多的线索，你也只能忍耐一下了。"

"好吧，那我该怎么跟警方说呢？"

"就说绑匪逼着你给家里打电话。就在那时，你听到了主犯的声音。跟之前提到的那个酷女人一样，警方肯定会追问主犯的声音有什么特点。"

"这次选谁好呢？福山雅治^①如何？"

---

① 日本男歌手、演员、词曲制作人、摄影师。——译者注

　　说到这里，她双眼闪闪发亮，看样子她一直都很喜欢福山雅治。

　　"我的预想是一个四十岁左右的人。你有没有想到更合适的人选？"

　　树理黑溜溜的眼睛一转，随即拍了拍膝盖。

　　"我高三的班主任好像差不多是那个年纪，只不过不是明星，应该没问题吧？"

　　"当然可以。行，第一通电话的部分就这么定了。接下来要处理的就有些棘手了，首先是在箱崎的交涉。绑匪需要从藏身点移动到箱崎。所以针对这一点，警方势必会追问到底。"

　　"光靠装傻充愣，恐怕是糊弄不过去的。"

　　"当时你的眼睛被蒙上了，还被戴上了耳机，耳机里播放着嘈杂的音乐。当然，这都是绑匪特意安排的，为的就是不让你听到其他声音。你就这么被带上车，送到了一个地方。至于去了哪里，你就完全不知道了，毕竟眼睛看不见，耳朵也听不见，又怎么可能知道呢？到了地方后，耳机倒是被摘了，但眼睛依然被蒙着。没过多久，那个男人就给你下了非常详细的指令，就像我之前做的那样。于是你就按照他的指示，用手机和葛城胜俊通了话。"

　　"当时你不是把我要说的内容都写在纸上了吗？可如果眼睛被蒙着，我该怎么念呢？"

　　"所以只能靠口头传达了。主犯说什么，你就照着复述什么。"警方肯定会盯上我们曾经住过的那家酒店。因为除了那里，别的地方都观察不到箱崎立体交叉桥的情况。而且，那家酒店的下面有个地下停车场，可以直接坐电梯抵达客房。即使带着一个眼睛被蒙住、戴着耳机、打扮怪异的女孩，也完全不用担心会引人注意。

刑警应该会去那家酒店调查，但还不至于怀疑到我们头上，毕竟我们没有留下任何蛛丝马迹。

"最后就是赎金交接环节了。"

"当时我也是蒙着眼睛、戴着耳机上的车吧？"

"没错，但这次你得说自己从头到尾都待在车里，打电话也是在车里打的。"

"没被带到别的地方去？"

"你就说，你感觉车子一直在行驶，偶尔停下来，但每次停的时间都不长。这样一来，警方就会认为绑匪是在高速公路上发出的指令，但他们无法推测出绑匪是从哪里观察驹形停车场，乃至看到整条首都高速的。"

说到这里，我轻轻叹了一口气。

"你为绑匪团伙做的事，就是这些了。"

"实际上，还有一件事是至关重要的，那就是取赎金。"

"你没有露出过真面目吧？"

"我可是完全按照你的要求做的，穿了最朴素的衣服，化了个完全不同的妆，你不是也看到了？"

"那就好。"我满意地点了点头，"去取赎金的女人不是你。日星汽车向岛经销店的中村把钱交给了一个叫松本的女人，那是个和你毫无关系的人，一头长发，还戴着墨镜。"

"就是这个女人吗？"树理将放在一旁的假发套在头上，又戴上了一副深色墨镜。

"和江角真纪子一点都不像。"我假装嫌弃道，同时伸手把她头上和脸上的那两样东西拿了下来。

"这些也得处理掉，还有那部实名黑卡手机。除此之外，还有什么需要处理呢……"

"还有我们的过去吧。"树理看着我，轻声说道。

第十五章

"有没有一个只有你能进入、只有你知道的藏身点？如果有的话，这些钱可以先存放在那里。"

她稍微想了想，然后狡黠一笑。"还真有一个地方，挺合适的。"

"在哪儿？"我刚问出口，便突然明白了她的意思。

距离拿到赎金起，已经过了整整两天。那些钞票毫无异样。我用手轻轻摸了摸，没有出现任何异常，看来钞票上没什么特殊机关。

我把自己应得的三千万日元放进超市购物袋。

"这份是我的，剩下的全归你。"

树理看着桌上的钞票，轻轻地叹了口气。

"这么一大堆，看着好沉。"

"这可是我们豪赌一场赢来的奖金呢。"

我将一个百货公司的大纸袋递到她面前，她开始往袋子里装钞票。两亿七千万日元，分量着实不轻。

"这些钱，该怎么办才好？"

"随你怎么用，反正都是你的钱，就是花钱的时候别太过招摇。"

树理摇了摇头。

"我不是这个意思。我总不能就这么拿着钱回家吧？要不找个投币储物柜先存着，等风头过去了再去取？"

"投币储物柜太危险了，万一钥匙被发现就全完了。而且谁也说不准风头什么时候才会过去。保管期一到，储物柜就会被打开，到

216

时候还是会完蛋。"

"那我到底该怎么办？"

"有没有一个只有你能进入、只有你知道的藏身点？ 如果有的话，这些钱可以先存放在那里。"

她稍微想了想，然后狡黠一笑。"还真有一个地方，挺合适的。"

"在哪儿？"我刚问出口，便突然明白了她的意思。

我皱着眉头说道："你不会是想说这间公寓吧？ 那可不行。 我们一开始就说好了，等把你安全送回去后，我们必须彻底断了联系。"

"可是除了这里，实在找不到其他合适的地方了。"

果然，她看中了这间公寓。

"真拿你没办法，准备出门吧。"

"去哪里？"

"跟我走，到了你就知道了。"我站起身来，"别忘了带上你的两亿七千万日元。"

出门后，我们朝着停车场走去。 我抬手看了看表，此刻已经是晚上九点半了。

"喂，至少告诉我一下到底要去哪里吧。"

"横须贺。"

"横须贺……怎么又去那里？"

"你不是说你有个去了美国的朋友，是叫小雪吧。 之前你不是还去她家删过留言？"

"啊！"树理这才恍然大悟，"你的意思是，藏到小雪的房间里？"

"这是最安全的做法。"

虽然之前因为留言闹出了些麻烦事，但现在看来，我们还得感谢那个房间呢，否则这么多现金该藏到哪里去呢？

我坐进 MR-S，和那晚一样，把车顶关好后，驾车离开。树理紧紧抱着装满巨额钞票的纸袋——这可是她往后生活的全部依靠了。

"你说，警方开始调查了吗？"

"这还用说？从我们发出勒索传真的那一刻起，他们就已经开始调查了。"

"那你觉得，他们目前掌握什么线索了吗？"

"怎么可能会有线索？"我轻蔑一笑，"就算有，也都只是些假线索罢了。比如，除了绑匪的声音，还听到了遥远的汽笛声之类的。"

电子邮件和手机方面完全不用担心。唯一算得上证人的，就是日星汽车向岛经销店的中村。不过，要是树理的话可信，那个男人也提供不出任何有用的线索。

"不过，有一个线索倒是挺明确的。"树理说道。

"什么？"

"绑匪会说英语，而且是英式英语。"

我吓了一跳，就连方向盘也跟着突然打偏，车身瞬间大幅偏离了中线。我慌忙把车拉回正轨。

"你英语很好吗？"我故作镇静地问道。

"还行吧。说实话，我不太懂口音，只是感觉像英式英语。我猜错了吗？"

"这个嘛……"我感觉自己的腋下直冒汗。

她的判断没错，我曾经在伦敦一带生活过一年，英语水平也跟着突飞猛进。听过我说英语的话，或许就能认得出来。

我们在高速公路上行驶了好久，终于抵达横须贺。前方就是之前去过的那家家庭餐厅了，这让我想起了MR–S被人恶意涂漆的糟心事。

"你又打算在那里等我吗？"树理问道。

"不了，那家店邪门得很，换个地方吧。今晚我送你到近一点的地方。"

"离哪里近一点？"

"小雪的公寓附近啊。你拿那么沉的东西，走路肯定不方便。"

"我能行，而且如果在公寓附近停车等人，你这辆车也太惹眼了吧。"

"总比你被人看到好吧。你只是把东西放进她家里而已，不会耽搁太久，短时间停车不会引人怀疑。快告诉我怎么走。"

"啊……嗯，在那个拐角右转。"

"右转是吧……"我打了转向灯，驶入右转车道。

可自那以后就开始麻烦不断了。树理指路实在不靠谱，一会儿忘记提醒转弯，一会儿又指错方向，车子绕了半个多小时，才终于到达公寓附近。树理给的理由是"我以前没有开车来过这里"。

"但这也太离谱了。算了，就是那栋公寓吧？"我将目光转向了道路的右侧，一栋四层楼的白色建筑映入眼帘，看上去房间的数量并不多。快十二点了，公寓内仍有半数窗户透着光亮。

"我去去就回。"

"小心点。"

我坐在车里，看着树理吃力地搬着沉甸甸的纸袋朝公寓走去。所幸周边民宅稀少，又值深夜，想来不会引人注意。

我心不在焉地望着公寓。没问房间号，无从知晓树理要去几楼。如果是四层楼的建筑，估计没有装电梯，带着那么重的东西爬楼梯肯定很吃力。

大约五分钟后，我觉得有些不对劲，因为整栋楼里都没有新的窗户亮起灯光。小雪的家现在肯定一片漆黑，树理进去后理应第一时间开灯才对。还是说，只是从我这侧看不到那扇窗户而已？

又过了大约五分钟，树理的身影终于出现。她小跑着穿过马路，朝我这里走来。

"让你久等了。"她边说边坐上副驾驶座，呼吸略有些急促。

"钱都藏好了？"我说着，便启动了车子。

"嗯，万无一失。"

"小雪的家人不会去她的房间吧？"

"放心，她说过，绝对不会有人去她那里。就算真有人进去，我藏钱的地方也很难被发现。"

"她的房间很大吗？"

"那倒不是，就是堆满了各种家具。"

"户型呢？"

"嗯？"

"小雪家的户型，不会是单间吧？"

"啊，呃……是单间。有什么问题吗？"

"没事，我只是好奇这附近的年轻人一般都住什么样的房子。"

如果是单间，开灯的时候，外面应该能看到光亮才是。

开出一段路之后，树理开口道："想不想去那个地方看看？"

"哪个地方？"我踩下刹车。

"就那个地方呀，之前来的时候我们一起去过的。"

"哦……"我当然记得那个地方。

"为什么突然想去那里？"

"因为过了今晚，我们就要分别了。我也该回家了，我们往后怕是不会再见面了，对吧？"

我沉默了。她说得没错，我本就计划今晚把她送到某个地方，然后联系葛城胜俊。这场游戏也将就此画上句号。

"所以呀，我想最后再去一次那个充满回忆的地方。"她故意用一种漫不经心的语气说道，大概是出于害羞吧。

我抬起踩在刹车踏板上的脚。横须贺就是我们用来"发烟幕弹"的地方，本不宜久留，但我觉得多停留一会儿，应该也没什么大碍吧。她说得对，这是我们相伴的最后一晚了。

大约三十分钟后，我将车停在三浦半岛尽头的一处山丘上。同那晚一样，我把车顶完全打开，裹挟着青草香气的空气扑面而来。一旁的树理深吸了一口气。

可惜，天空被厚重的云层遮蔽，看样子今晚是看不到星空了。

"虽然时间短暂，但我真的很开心。"树理看着我的脸说道。

"这场游戏很惊险刺激。"

"从明天起，我大概又要过上日复一日乏味透顶的生活了吧。"

"不会啊，我不是说过很多次了，你还有重要的事要做。"

"和我们之前做的事情比起来，那些根本算不了什么。"

"好厉害啊。"我笑道。

"佐久间先生，"树理的眼中闪烁着真挚的光芒，"这段时间，真的太感谢你了。"

"别这么见外，这次我也玩得很开心。我已经很久没有体验过这种棋逢对手的感觉了，很痛快。"

"胜利的感觉，对吧？"

"没错。"

我们相视而笑。

"不过，我真心感谢你。多亏了你，我才能继续活下去。"

"这么说就有些夸张了吧。"

"是真的……这种心情或许你无法理解吧。"她歪头说道。

我们对视着，然后情不自禁地亲吻着。她的嘴唇柔软而湿润。我的身体有了反应，但我并没有把手伸进她的内裤。任何时候都要懂得适可而止。我必须在此斩断我们的关系，绝不能有一丝留恋。

但我还是紧紧抱住了她，就当是最后的放纵吧。这几天，她明显瘦了不少。我松开她时，她又轻声说了句"谢谢"。

我们在大井南出口驶出湾岸道路，然后朝品川站开去。车子路过车站时，我没有停留，直到左侧出现一家大酒店后，才缓缓停下。

"来，我们最后再复习一遍。"我说道。

"又来？你可真够唠叨的啊。"树理苦笑道。

"这关乎我们的生死。别抱怨了，赶紧开始吧。"

"我醒来时……"树理的目光投向远方，"发现自己躺在车里，那应该是一辆奔驰。我的手脚没有被绑，车里也没有别人，所以我下了车。虽然脑袋有些晕，但我心里很清楚，这是逃跑的唯一机会了，于是我拼命往外跑。在那种紧急关头，我根本没时间注意车牌号。不过，那里应该是个停车场，而且是酒店的地下停车场。我乘坐电梯上到大厅，但因为已是深夜，大厅里空无一人。我从正门走了出去，直奔出租车停靠区。至于身上有没有钱，我根本没考虑，只想着只要能回到家，一切就都能好起来。"

她微笑着看着我，问道："有什么不对的地方吗？"

"没有，简直完美。"我比了个 OK 的手势，"信带了吧？"

"嗯，放心吧。"

我让她带着一封用电脑打印的信，内容如下：

尊敬的葛城胜俊先生：

赎金已顺利收到。按照约定，我们将归还葛城树理。

她会亲口向你证明，我们并未对她施加任何暴力行为。这是一次商业交易，也是一场有趣的游戏。至此，交易宣告结束。今后，我们不会再与你联系，也绝不会再找你玩游戏。绑匪留字。

"好了，是时候道别了。"

"嗯，多保重。"

"你也要加油。"

我们握了握手，树理一边看着被我握过的那只手，一边下了车。

"谢谢，再见。"她说完，便关上了车门。 我也发动了车子。

城市的夜色在前方缓缓展开。

第十六章

我看了一眼留言的发布日期，是昨晚。字面意思是催
促对方尽快归还树理，但她应该已经平安回到葛城家
了啊！

还是说，这是一个陷阱？

有这种可能。 也许他们故意制造出树理尚未归家的假
象，企图诱使绑匪主动联系。

周六，我赴了一场久违的约会，对方是一位二十四岁的活动礼仪小姐。我请她吃了意大利菜，之后又在酒店的酒吧小酌了几杯鸡尾酒。不过，当晚我们并未发展到过夜的程度。即便我有那个念头，恐怕也预订不到房间。以往，但凡我有信心把对方拿下，我都会提前预订酒店房间，可那天晚上我并没有做任何准备。倒不是对自己没信心，纯粹是觉得麻烦。

　　说实话，我对这位礼仪小姐没什么特别的感觉。对方是谁都无所谓。正因如此，我没有特意迎合她的话题，饭也吃得索然无味。她大概到最后都不明白我为何要约她出来吧。

　　其实，我脑子里一直都在想着树理的事，也不知道她后来怎么样了。说来奇怪，关于那起案件，媒体竟没有任何动静。按理说，这两天就该有铺天盖地的报道才对。要知道，被绑架的可是日星汽车副社长的千金，赎金还被绑匪轻而易举地骗走了。实在难以想象是什么致使媒体对此噤声。更何况，被绑架的受害人已经平安归来，警方完全可以公开案件展开调查，甚至主动借助媒体的力量。

　　与那位礼仪小姐分别后，我回到房间，打开电脑，连接互联网，登上了"CPT车主俱乐部"的网站。自成功拿到赎金后，我就再也没访问过这个网站。

我点开留言板页面，上面排列着一连串留言。这些留言与树理无关，皆是正常的信息交流。

突然，我停下了滑动鼠标的手，因为我看到了这条留言：

拜托了（SHULI）

我的爱车现在怎么样了？钱都付了，可一点消息都没有，这到底是怎么回事？

如果车主看到这条留言，请尽快联系我，拜托了。

这是怎么回事？

我看了一眼留言的发布日期，是昨晚。字面意思是催促对方尽快归还树理，但她应该已经平安回到葛城家了啊！

还是说，这是一个陷阱？

有这种可能。也许他们故意制造出树理尚未归家的假象，企图诱使绑匪主动联系。

但我又觉得，就算树理真的没回去，那也是葛城家的事，与绑匪无关。指望绑匪主动联系，自投罗网，未免太天真了一些吧。事实上，目前我并没有打算采取任何行动。

莫非树理真的没回葛城家？

这种可能性似乎更大。我当时确实把树理送到了品川酒店附近。问题是，她到底有没有坐上出租车？就算上了车，最终有没有到家，也是个未知数。她向来讨厌葛城家,现在手里又攥着一大笔钱,她会不会想着干脆就此消失呢?

如果真是这样,那可就麻烦了。毕竟,一个刚刚摆脱绑匪控制的受害者,肯定会先找个安全的地方落脚。即使葛城家让树理感到不舒服,那也是唯一能让她暂时安定下来的地方。

如果树理真能就这样消失,那倒也无所谓,因为真相也会随之永远埋藏在黑暗中。可是这又谈何容易?一个年仅二十岁左右的女孩,真的能够一直隐瞒身份生活下去吗?

就算她手里有足够的钱,但没有户口和身份证明,她又打算如何度过接下来的日子呢?

一旦事件持续发酵,警方势必会开始公开调查。到那时,树理的照片恐怕就会遍布整个日本。电视新闻也会不间断地报道。不管她躲在哪里,终究是需要出来的,也肯定会与人接触,曝光行踪只是时间问题。

被警方保护起来后,她打算上演一出怎样的戏码呢?还会照搬我教她的那套说辞吗?到了那个时候,这么做还有什么意义呢?警方一定会怀疑这是一起假绑架案。我可不认为树理能经受得住他们的连番盘问。用不了多久,她就会把我供出来。

我越想越担心,干脆一把抓起外套,冲出了房间。醉意早已完全消散。

我坐上 MR-S,再次朝横须贺驶去。如果树理真躲起来了,那藏身点非那公寓莫属。毕竟,赎金也在那里。

我驾车在高速公路上飞驰,脑海中却在快速梳理接下来的行动步骤。当务之急是找到树理，可找到她之后又该如何？就算要教训她，也得先想办法把她弄回家。至于她被"监禁"时间过长，只能拿绑匪格外谨慎当作借口。

不过，如果树理已经和别人接触过，那就彻底完蛋了。虽然我觉得她不至于那么糊涂，但万一真发生了，我该怎么办？我绞尽脑汁，依旧想不出好主意，只能祈祷她还没见过任何人。

我来到小雪的公寓，把车停在稍远的地方，然后走过去。在这种地方暴露时间越久就越危险，可是任由树理在外就更危险了。不管怎样，我都必须把她带回去。

确认四周无人后，我小心翼翼地靠近公寓。这会儿是深夜，物业管理员应该不会出来了。但问题在于，我不知道房间号，唯一知晓的只有"小雪"这个昵称。

公寓玄关处的玻璃门敞开着，看样子不是自动上锁的。如我所料，管理员不在。右侧摆着一排信箱，有些贴着名牌，有些没有。可即使有名牌，也只贴了个姓氏，可以说是毫无用处。

我谨慎地确认了四周无人后，将手慢慢伸进最边上信箱的投递口，用指尖在里面来回摸索，但一无所获。现在是周六的晚上，邮件应该都被收走了。

我又移向下一个信箱。这次指尖似乎触摸到了什么东西。我用指尖将其捏住并慢慢拽出，发现是一张明信片。我看了一眼收件人，上面写着"山本薰"。这应该不是小雪。

我继续将手伸向旁边的信箱。心里已经开始打鼓了，单靠翻找信箱，真能找到小雪的住处吗？可事到如今，也没有更好的办法了。

我的手指再次触碰到了什么东西，便小心翼翼地把它拉了出来。这次是一个信封。

松本哲也……

也不是，我又将其放回了信箱。就在这时，我突然想起了一件事。树理曾说过："你最好别跟上来，因为那是一栋女性专用公寓。"

Chapter 17

第十七章

葛城胜俊、树理……这对父女的面容在我脑海中交替浮现。我全然猜不透他们的心思。此刻他们身在何处，又在做些什么，我更是毫无头绪，甚至已经有些不知所措了。

自成功拿到赎金，已经过去了十天。我的生活也回归到了玩这场游戏前的状态，每天起床做个体操，吃完早饭后出门上班，在公司做些无聊的工作，下班后去健身房。这个周末，我打算约个人出来，好好享受一次性爱。或许得预订一家合适的酒店。

　　每天的日子虽然过得平静，但我的内心却难言安稳。我一直惦记着树理的事情。为什么没有出现任何媒体报道？我不认为警方会出面管控媒体。而且，"CPT车主俱乐部"网站上的那条留言也一直让我耿耿于怀。最后那条留言似乎暗示着树理至今还没有回家。后来发生了什么？从那以后，留言板上就再也没有出现相关的新留言了。

　　如果树理已经安全回家，那倒还好。之所以没有任何报道，或许是葛城胜俊凭借自身权势，刻意封锁了消息。毕竟自家年轻貌美的女儿被绑架，外界难免会胡乱揣测她遭遇了什么伤害。但直觉告诉我，事情恐怕没这么简单。

　　另一个让我放不下心的地方，便是横须贺的那栋公寓。树理说过，那是她朋友小雪租住的一间女性专用公寓。但经过调查，我发现那里也住着不少男性，甚至还有部分房间被当作某钢铁公司的员工宿舍使用。树理说小雪的房间是单间，但我后来向管理员旁敲侧击地打听了一下，对方表示那栋楼里没有单间。

树理为什么要撒这种谎？

我努力回忆她提及那是女性专用公寓的原话，大致是：

"你最好别跟上来，因为那是一栋女性专用公寓。你就在横须贺港等我吧，那边有很多船，风景还不错。"

也就是说，她很可能是为了阻止我跟她同去，才临时撒了这个谎的。那么，她为什么不想让我去呢？

我想起最后一晚，我们俩再次来到横须贺。当时我本要和她一同进公寓，可她带路时总是含糊其词，以至于我们在路上绕了很久才终于抵达。为什么会这样？

我猜，她应该是在临时找一栋合适的公寓吧？她在拼命阻止我去小雪的住处。于是，她找了一栋外形相似的建筑，想以此蒙混过关。如此一来，那栋公寓既非女性专用，也没有单间的情况就说得通了。但刚解开一个疑惑，新问题立马又冒了出来：她为什么要拼命阻止我去小雪的公寓呢？还有，那两亿七千万日元究竟藏在了哪里？

难道小雪的公寓里藏着不能让我看到的秘密？可只是到楼下看看，她有必要这般严防死守吗？

这让我不禁对最根本的问题产生了怀疑：小雪的公寓，真的存在吗？不，甚至是小雪这个朋友本身，真的存在吗？

我记得她第一次提到这个名字，是在刚开始谋划这场绑架游戏的时候。那时她跟我说，给朋友家打过电话，还在电话里留了言。

我提议终止计划时，她马上说，去朋友家删掉留言就行。于是，我们专程跑了一趟横须贺。

如果小雪是她虚构的人物，那么留言肯定也是假的。她为什么要编造这种谎言？

能想到的理由只有一个——她想把我引到横须贺，仅此而已。可这样做有什么意义呢？的确，借着去横须贺的机会，我动了些手脚，故意营造出"绑匪藏身于此"的假象。不过这是我自己的主意，而非树理的提议。她主动提过的，只有去那个能看见星星的山丘。可这到底意味着什么呢？实在让人费解。

思来想去，我都不觉得小雪的事是她瞎编的。那她为什么要在公寓的事情上对我撒谎呢？我的思绪围着这个问题不停地打转，仿佛置身于远离出口的迷宫深处，怎么也找不到出路。

还有一件事，也让我一直隐隐觉得有些不安，那就是葛城胜俊。

据参与日星汽车新车宣传的相关人士透露，自上周末起，葛城胜俊便一场会议也没有参加过。甚至有传言称，他根本连公司都没有去过。在我精心谋划这场绑架游戏的整个过程中，葛城胜俊始终镇定自若，行事风格一以贯之，毫无破绽可寻。可为什么偏偏在游戏结束之后，他开始缺勤了？

葛城胜俊、树理……这对父女的面容在我脑海中交替浮现。我全然猜不透他们的心思。此刻他们身在何处，又在做些什么，我更是毫无头绪，甚至已经有些不知所措了。

"麻烦您把左手再抬高些。对，就是这样，差不多了。"满脸胡楂的摄影师一边指挥，一边不停地按动快门。

拍摄对象是一位职业高尔夫球手，近来在海外收获了颇高的人气。此刻，他正手持推杆，摆出一个击球入洞后的经典姿势。大概是习惯了镜头，他表现得非常自然，脸上不见丝毫僵硬之色。看来这次拍摄还比较轻松，我暗暗松了口气。

今天的工作是为一款德国品牌手表拍摄宣传照。客户的诉求是突出这款表抗冲击、耐震动的特性，所以特意请了这位高尔夫球手当代言人，希望传达出一种"哪怕猛烈挥杆，手表也能稳如泰山地精准计时"的产品理念。

拍摄结束后，进入采访环节。拍摄前，我们就已经请这位高尔夫球手戴上手表挥了几杆，然后在采访中听取他佩戴的感受。当然，采访工作不是由我负责，而是由写稿的编辑承担。他们在摄影棚中的咖啡厅里采访时，我还在忙着腕表的单品拍摄工作。采访由后辈山本陪同进行。

单品拍摄结束时，采访也接近尾声。将那位球手送到门口后，我和编辑讨论了一下采访内容。编辑是个留长发的年轻人。简短交流后，我很担心他写的稿子会偏离主线，便重新整理了一遍产品的宣传重点，提出了明确要求。看得出他有些不满，可我要的可不是卖弄文采的文章。

"您还是这么犀利啊。那编辑想挖掘高尔夫球手的私下趣事，采访时就侧重谈了那个方面。"在回公司的车上，握着方向盘的山本笑着说。

"这个项目对我们非常重要，怎能任由他胡来？他大概一门心思想当个写实小说家吧，完全找不到重点，难怪一直也没做出点成绩来。"

"哈哈，您说得有道理。"山本笑了笑，然后压低嗓门继续说道，"对了，葛城先生的事情，您听说了吗？"

"葛城先生？你是说，葛城副社长？"我的心猛地一紧，急忙追问道。

"对，就是他。他家的千金好像惹上大麻烦了。"

我的心跳得更快了，深吸了一口气才开口问道："发生什么事了吗？"

"具体情况不太清楚，但据说是失踪了。"

我看向山本。要是他这会儿看我一眼，准能发现我脸色变了，但好在他一直注视着前方。

"失踪了？"我的声音有些颤抖。

"具体情况我也不太清楚，都是听别人说的。跟我说这事的人，也说这是日星汽车内部的传闻。别说，听着还挺可信的。据说葛城先生最近都没去公司，估计也是因为这件事吧。也不知道到底报警了没有。"

"怎么会有这种传闻？是葛城先生自己说的吗？"

"要是传闻属实，估计就是他自己说的了。"

"你是什么时候听说的？"

"今天早上，离开公司来这里的时候。本想找个机会问问您听没听说，可一直没找到机会。看您现在的反应，应该完全不知情吧？"

"确实完全没听说。"

"这样啊，反正也就是个传闻而已啦。"山本完全没意识到这消息于我而言有多震撼，依旧专心地开着车。

好在不是在拍摄前听到这个消息，否则我哪还有心情工作啊，估计连教训那个不称职编辑的心情都没有了。

山本又说起了别的事情，我随口应付着，满脑子都想着树理的事。她失踪了？难道她真的一直没回家？那她现在人在哪里？

在品川站前和她告别的场景，重新浮现在我脑中。那之后，她去哪儿了？不会真被人绑架了吧？这怎么可能？刚演完精心策划的假绑架案，转头就被真绑匪盯上，这情节比电视剧还离谱。

想来想去，最合理的解释还是她自己选择消失。可她到底去了哪里？于是，我的思绪又回到"小雪的公寓"这个关键线索上。

要是从一开始，树理就另有打算呢？

她参与我策划的绑架游戏，却没有完全听从我的安排。一旦顺利拿到钱，她就不打算回家了，而是想着彻底消失。不过，在找到高枕无忧的去处前，总得有个临时落脚地。于是，她决定利用朋友的公寓。正因为如此，她才想尽办法不让我知道那个地方。她知道，一旦我发现她没回家，肯定会四处找她。事实也的确如她所料，我去了横须贺。

按照这个推理，事情勉强能解释得通。可我还是觉得有点不对劲。如果这个推断成立，她本没必要跟我提小雪的公寓。又或许，留言的事情是真的？但即便如此，她当时也不必急着赶去公寓。既然她早就打算把那里当作藏身点，完全可以等到一切结束后再去删留言。

可能是我一直在敷衍，没过多久，山本就闭上了嘴。走进办公室后，我不禁一怔，所有的办公桌前都没有人。

"欸，这是怎么回事？"山本也一脸困惑。

其实不是办公室里没人，而是所有人都挤在办公室的角落。那里摆着一台电视，大家里三层外三层地围在电视前，几乎把屏幕遮得严严实实。

山本向某个站着的同事打听道："出什么事了？"

"嗯，出大事了！那个传闻果然是真的。"

"哪个传闻？"

"就是葛城先生家千金的事。听说她真的失踪了，都已经失联十几天了。"

"咦？"

山本拨开人群向前挤去，我也紧跟其后。好不容易看清电视屏幕，却发现主播已经开始播报其他事件。显然，有关葛城树理失踪的新闻已经播完。

围在电视前的同事们陆续回到座位上，嘴里还在议论着这件事。

"葛城先生这下哪还有心思工作。"

"难怪感觉不对劲，那种大忙人居然没来参会。"

"日星的股价，估计又要跌了。"

"到底是怎么回事？该不会是离家出走了吧？"

"要是离家出走倒还好，就怕出意外，被人杀了。"

这句危险发言是杉本说的。

我抓着他的肩膀。"喂，快仔细说说，葛城家的大小姐怎么了？"

杉本有些惊讶地看了我一眼。

"好像已经失踪好几天了，听说警方都开始介入了。"

"调查吗？怎么调查的？"

"我哪知道？你去看看别的频道不就知道了。"杉本不耐烦地说完，便回到了自己的座位上。

身后的山本突然"啊"了一声。只见他正不停地切换电视频道，很快，屏幕上出现了另一位主播播报新闻的画面，新闻标题赫然写着"日星汽车副社长千金失踪"。

这位女播音员播报的内容与杉本刚才所说的大同小异。"据我们了解，葛城胜俊先生的长女树理小姐失踪，警视厅与大田署已展开调查，警方怀疑其可能卷入了某起案件……"

某起案件？

这是什么意思？警方为何不明确说是绑架案？不，比起这个，更重要的是，树理真的失踪了。她究竟怎么了？

然而，令我更加如雷击顶的是下一瞬间，电视屏幕上出现了一张女性的面孔。

看上去是一张抓拍的照片，照片下方写着"葛城树理小姐"几个字。

女播音员的播报仍在继续，可我已经完全听不进她的声音了。如果此时身边没有人，我恐怕会失控地对着电视屏幕大声喊叫。我用尽全力抑制着这股冲动。

因为，电视画面中的葛城树理，并非我所认识的树理，而是一张完全陌生的面孔。

第十八章

她讲的那些事，真的可信吗？毕竟，她连身份都是假的。

可若说是临时瞎编，又编得太精妙了。扭曲的血缘、复杂的关系……

这时，一个大胆的假设在我脑海中突然浮现。

虽然很想出去喝酒，但我最终还是哪儿也没去，直接回家了。因为我怕喝醉后，说出一些不该说的话。今晚，我实在不确定能否控制住自己的情绪。

一回到家，我就拿起一瓶波本威士忌，仰头猛灌。我的心依旧怦怦直跳。这就是所谓忐忑不安吗？要是这样，恐怕喝再多酒也无济于事。

电视里的画面始终在我的脑海中挥之不去。屏幕上出现的"葛城树理"到底是谁？为什么要拿别人的照片冒充树理对外公布？

可是，我换了好几个新闻频道，看到的都是同一张脸。如果是误用了他人的照片，应该会立刻更正。

也就是说，电视屏幕上的那个人就是葛城树理。

那么，和我相伴多日的女人难道不是树理吗？如果不是，她究竟是谁？为什么要自称树理？

我努力思索，试图找出确认她究竟是不是树理的办法。终于，我想到了一个线索——声音。

为了摸清警方的动向，我们曾利用箱崎立体交叉桥设局。当时，我们是通过树理来操控葛城胜俊的。取赎金时也是如此。树理和葛城胜俊有过对话，葛城胜俊似乎没有丝毫怀疑。即使声音有些相似，但父亲怎么可能连亲生女儿的声音都分辨不出来呢？就算他当时很慌张，也不至于这么糊涂。而且据我观察，当时的葛城胜俊并没有失去理智。即便在赎金被取走时，他也依旧冷静地回应了我的指示。

这样一来，或许电视上播出的照片真的有误？难道葛城胜俊故意公开了别人的照片？可他为什么要这么做？

不，这不可能。毕竟看电视的不止我一个，树理的朋友们也会看到。如果照片不是本人，应该会有人第一时间打电话给电视台反映情况。

"树理。树木的'树'，理科的'理'。"

我记得她第一次自我介绍时的样子，当时她就是这么说自己名字的。难道这也是骗我的？从那时起，她就开始撒谎了吗？

她究竟是谁？

我一杯接一杯地往胃里灌着波本威士忌，却毫无醉意，只是心跳越来越快。内心的不安愈发搅乱我的情绪。

我回想起自己和她相处的日子，虽说时间不长，却也一起经历了不少事，还成功完成了一场大胆的假绑架游戏。可如今，我对这位搭档的真实身份竟一无所知。

想不通的事远不止这些。看来，真正的葛城树理失踪的时间，恰好就是我遇见假树理的那个晚上。真正的树理去了哪里呢？那晚，假树理离家出走，究竟是巧合还是早有预谋？

我的大脑一片混乱，连一个合理的答案都想不出来。

　　我也不记得自己喝了多少酒，等我回过神时，已经瘫倒在沙发上。房间的灯还亮着，空了的波本威士忌酒瓶倒在一旁。阳光从窗帘的缝隙中透了进来。我看了一眼墙上的钟，和我平时醒来的时间只差了十分钟。即便是这种时候，生物钟似乎也没有乱掉。

　　我缓缓直起身，头痛得厉害，喉咙干得冒烟。我走进厨房，从冰箱里拿出一瓶依云矿泉水，对着塑料瓶咕咚咕咚地喝了起来。突然，一阵轻微的眩晕感袭来，我靠在冰箱上缓了一会儿。

　　这时，电磁炉上的大锅映入我眼中，树理曾用它做过奶油炖菜。她说过的话一句接一句地回响在我耳畔。那些话到底哪些是真，哪些是假？还是说，自始至终都是谎言？此刻的我，根本无从判断。

　　回到沙发上，我打开了电视。几乎所有的早间新闻都在播放同样的内容，我心不在焉地看着。很快，我就看到了关于树理失踪案的报道——"日星汽车副社长千金失踪"。这样的标题后面都打着问号，旁边紧跟着的是："还是离家出走？"

　　随后，那个我从未见过的女孩的照片再次出现，下方标注着"失踪的葛城树理小姐"。新闻播音员的播报没有新内容。看样子，他们并没有从葛城家那边得到任何消息。也许是因为考虑到对方是最大的广告赞助商，所以电视台在报道时显得格外谨慎，但仍能感受到他们因无法掌握确切信息而有些焦急。

　　或许警方也对媒体隐瞒了这是一起绑架案。其中的缘由，我大致能猜个八九不离十。警方可能不想现在曝光赎金被取走的失误，打算等抓到犯人后，再统一对外公布案件的真相。只不过，考虑到公开调查离不开媒体的力量，这才让电视台简单通报了失踪之事。

　　重要的是，电视台以及其他媒体后续会对此事如何报道呢？媒体向来不会甘愿被当枪使，估计也已经察觉到这起失踪案并不简单。他们一定会先深挖葛城家的内部情况。时间一长，葛城胜俊的感情经历势必会曝光。要是挖出树理不是他现任妻子的亲生女儿，这必然会成为娱乐版的头条新闻。怎么在不惹恼最大广告赞助商的情况下继续报道，对电视台来说就是个大考验了。

　　不，且慢。

　　她讲的那些事，真的可信吗？毕竟，她连身份都是假的。可若说是临时瞎编，又编得太精妙了。扭曲的血缘、复杂的关系……

　　这时，一个大胆的假设在我脑海中突然浮现。

第十九章

我摇了摇头。不可能，以我对他的了解，他绝非遇到威胁就会轻易屈服的人。他对游戏充满了自信。在这场与绑匪的高智商博弈里，他绝对不可能从一开始就放弃主动权。

那天下午，我去了赤坂，待在一家面朝外堀大道的咖啡店里。下午两点十分，汤口大介肥胖的身躯出现在玻璃门外。汤口一眼就看到了我，轻轻挥了挥手后，快步走进店里。

"抱歉，让您久等了。"

"没有。突然喊你过来，该说抱歉的是我。"

汤口在这附近的电视台工作，他是我大学时的学弟，我们曾因为工作有过一次交集。

他点了一杯咖啡，我则续了一杯咖啡。

简单寒暄几句后，我便切入正题。

"对了，刚才在电话里拜托你的事，有什么进展吗？"

他突然皱起了眉头。

"我们这边做了不少调查。不过，葛城家和警方那边的口风很紧，目前还没挖到确切的线索。"

"可并非所有消息都会上电视吧？有些内容应该暂时不便曝光吧？"

我事先拜托过他，帮我打探葛城树理失踪案的消息。因为这是我们公司的最大客户——日星汽车副社长家的事，所以我们想尽快掌握情况。汤口对此没有丝毫怀疑。

"新闻部门的高层可能掌握了一些内幕，不过像我们这种基层员工，就听不到什么消息了。您自己也了解过一些信息了吧？"汤口边说，边拿出了笔记本。

"嗯，大概的情况我知道。不过，还得麻烦你再详细说一下目前掌握的情况。"

"好的。嗯，首先是树理小姐失踪的时间……"

汤口开始念起了备忘录上的内容。虽然都是些已知的消息，但我还是装出了一副很感兴趣的样子。

"有绑架的可能性吗？有什么线索吗？"

"现在还不清楚，但我觉得可能性不大。"汤口颇为笃定地回答道。

"为什么？"

"这话只能在这里说。"他环顾了一下四周，然后朝我靠了过来，"记者俱乐部中有人透露，警视厅的绑架专案组似乎没有什么动静。如果真是绑架案，从树理失踪的十天前就该展开调查了，记者俱乐部的人不可能一点风声都没听到。虽然目前警视厅已经采取行动了，但警方并未派出刑警在葛城家附近蹲守。"

"发现她失踪那会儿，警视厅的绑架专案组毫无动静？这消息可靠吗？"

"嗯，听说是这么回事。"

我脑海中的某些念头开始动摇。警视厅毫无动静？不应该啊。

葛城家的千金被绑架，哪怕警方出动最大警力进行搜查，也不足为奇。守在警视厅的记者们也不可能毫无察觉。

如果汤口所言属实，那就只有一个可能——正如葛城胜俊之前再三强调的那样，他一开始并未报警，在交付赎金后，才选择向警方寻求协助。树理迟迟未归，他终于忍无可忍。相较之下，这种推测或许更合理。

为什么没有报警呢？难道是担心一旦绑匪察觉报了警，树理的性命就会有危险？

"确实很蹊跷。"汤口继续说道，"记者们透露，葛城先生报警好像也就是这几天的事。大家都纳闷，树理失踪后，他为什么没有第一时间报警？"

"葛城先生对此有过解释吗？"

汤口撇了撇嘴，摇摇头。

"不仅没有解释，还完全拒绝采访。对外的回应是，既然媒体已经报道了，也就没必要再额外说明。"

我交叉双臂，沉吟了片刻。葛城胜俊为何自始至终都未曾向警方求助？难道他天真地以为只要乖乖交付赎金，女儿便能毫发无损地归来？还是说，他本就打算事后再报警？

我摇了摇头。不可能，以我对他的了解，他绝非遇到威胁就会轻易屈服的人。他对游戏充满了自信。在这场与绑匪的高智商博弈里，他绝对不可能从一开始就放弃主动权。

这里面必定另有隐情，而且这隐情大概率与树理是冒牌货一事紧密相关。

"之前让你调查葛城家家庭成员的情况，进展如何？"

"啊，这事不算难，已经调查好了。"汤口拿出一份新的备忘录，摆在我面前。

上面罗列着葛城胜俊、妻子芙美子、长女树理、次女千春的名字。

"他家还有另一个女儿啊。"我看着笔记本，装作不经意地问道。

"是啊，据说是一所私立高中的高三学生。"

"高三吗……是哪所高中？"

"好像是……"汤口说出了那所学校的名字。那是一所非常有名的私立女子大学附属高中。

如果只问葛城千春的事，难免显得突兀，于是我顺带询问了树理和葛城夫人的情况。不过，汤口所知有限，我远比他了解得多。

"长女失踪，夫人和妹妹也很担心吧？"

"听说妹妹受了很大的打击。自姐姐失踪后，她就一直卧床不起。"

"卧床不起？千春小姐吗？"

"是的，据说有媒体为了打听葛城家的消息，都跑到千春学校去了。不过，千春提前请了病假。从十天前就开始请假了，似乎不是单纯为了躲媒体，恐怕是真的身体不适。"

我尽力在汤口面前镇定自若，只觉得喉咙异常干渴，便把杯子里的水一饮而尽。

"这个……我能带走吗？"我把手伸向备忘录。

"请便。不过学长，你们也真够倒霉的。日星汽车新车宣传活动迫在眉睫，又发生了这种事。"

"确实，就像被泼了一盆冷水。"我没有提自己已经被踢出项目组的事，更何况也没必要说。

我对汤口在百忙之中抽出时间过来表示了感谢，随后拿起账单起身。

走出咖啡店，我抬手叫了辆出租车，报出公司的地址。车子缓缓启动，我掏出刚刚从汤口那里拿到的备忘录。看着看着，我改变了主意。

"师傅，不好意思，我要改一下终点，能不能麻烦您开去目黑？"

"目黑？目黑的哪个地方？"

我说出了一所女子高中的名字。司机认得这个地方。

当然，那正是葛城千春就读的学校。

我在距离学校几十米远的地方下了出租车。似乎已经过了放学时间，只能零星地看到几个放学回家的学生。

那里有一家小书店，我在里面随手拿起一本杂志佯装翻阅，暗中物色合适的女高中生。外界都传言这是一所"名媛学校"，可眼前这些女孩，有的染了发，妆容也紧跟当下人气艺人的潮流，和普通女高中生毫无差别，想必最近校规也放宽了不少吧。

学生渐渐减少，两名女生走了过来。她们俩都染着一头褐色的头发，面容姣好，如果在繁华街区闲逛，恐怕每小时都会遇到上前搭讪的人吧。而且她们看起来也挺容易接近的，想必也对自己的外貌颇为自信吧。就是她们了！我朝那边走去。

"不好意思，打扰一下。"

我满面笑容地打了个招呼。两人同时停下脚步，有些疑惑地看着我。

"我不是坏人，是做这个工作的。"

我递出的名片上印着和汤口所属电视台不同的台标和职务名称。对女高中生来说，"××电视台"这几个字简直就是最有诱惑力的东西。

果不其然，两人的脸上瞬间浮现出好奇与期待的神色。

"冒昧问一下，二位现在读几年级了？"

两人先是对视了一眼，然后左边的女孩率先开了口。

"高三。"

如我所料。我心中暗喜。

"请问你们现在方便吗？我想跟二位聊聊。"

"啊？聊什么？"开口的还是左边的女孩。

"高三有位叫葛城千春的同学吧？她姐姐失踪的事，你们听说了吗？"

"哦哦，这个我知道，学校里都传开了。"

"听说葛城同学目前请假在家，是真的吗？"

话音刚落，右边的女孩立马凑近同伴耳边，嘀咕了几句。两人的神情彻底改变，似乎变得更加警觉了。

"我们跟她不是一个班的。"左边的女孩说完，又把名片递了回来，"有人叮嘱过我们别多嘴。"

"这样啊……那能不能告诉我，葛城同学在高三几班呢？"

然而，两人只是摆了摆手，便匆匆离开了。

后来，我另外问了三个学生，结果大同小异。虽然我打听到葛城千春在高三二班，可还没等我深入询问，对方就赶忙跑开了。学校方面似乎早料到媒体会找上门，提前给学生们打了"预防针"。

在这种地方做这种奇怪的事，要是被学校发现可就麻烦了。但我不想放弃，只想尽快找出真相。

思考片刻后，我决定将"阵地"转移到目黑站。毕竟这是一所私立学校，多数学生应该都没法步行或骑车上下学。另外，只要看校服，就能一眼看出对方是哪个学校的学生。

很快，我就在便利店里锁定了目标——一个身材高挑、长发飘逸，正在翻看杂志的女孩。我侧身走近，向她打了个招呼："不好意思，打扰一下。"长发女孩皱着眉头看向我，眼中满是防备。我突然感觉之前的做法恐怕行不通，便决定不再拐弯抹角。

"我正在追查日星汽车副社长千金失踪的案子，方便跟你简单聊聊吗？"我压低声音，直截了当地说明来意。

长发女孩听完，表情顿时有了一些变化。原本的戒备逐渐消散，露出了关切的眼神。

"关于这件事，你们有什么发现吗？"她反问道。

"还没有，目前完全没有头绪……警方那边几乎没有透露什么有用的消息。"

"这样啊。"她低垂着眼睛。

"嗯，请问你和千春小姐是……"

"同一个班的。"

我用力点点头。 真走运! 看来有望达成目标了。

"方便找个安静的地方聊一聊吗? 五分钟或者十分钟都行。 这是我的名片。"我边说边拿出名片给她看。

"你是电视台的人吗? 不过, 我也没什么可说的呀。"

"没关系, 只要跟我说说千春小姐的事情就行。"

她看了看手机, 像是在确认时间。"啪嗒"一声合上手机后, 她点头说道:"三十分钟左右倒是可以……"

"太感谢了! "我说道。

便利店旁是一家快餐店, 我们走进店里, 在二楼的窗边找了个座位坐下。 长发女孩要了一杯酸奶冰激凌, 我则点了一杯咖啡。

据她所言, 千春开始请假的时间, 似乎与树理离家出走的时间一致。 大家只知道她生病了, 但不知道她具体得了什么病。

"班主任当时只是说千春身体不好, 需要休息一段时间。 不过, 我觉得老师应该也不清楚她得的是什么病。 后来我去教师办公室的时候问过一次, 老师摇头说不知道。 看起来不像有假。"

"老师没有联系过葛城同学的家里吗?"

"可能联系过吧, 只是没得到明确答复。 毕竟千春是因为姐姐失踪受到打击才生病的, 作为父母, 这种事自然不好开口, 而且当时姐姐失踪的事似乎还被隐瞒了。"她边说边用勺子挖着酸奶冰激凌, 粉色的舌尖不时地在唇间若隐若现。

"你和千春同学关系很好吗?"

"我觉得挺好的。 我还去过她家好几次。"

"那你见过树理吗?"

"没见过。其实我也是这次才知道千春有个姐姐的，她之前从未提过。我问了其他朋友，她们也都不知道。你不觉得这很奇怪吗？所以，当听说她姐姐失踪时，我有点没反应过来。不过千春都为此病倒了，可见她姐姐对她来说真的很重要。"

对于这件事，我没有发表任何看法。我有自己的判断，不过没必要让这个女孩知晓。

"从千春同学开始请病假到现在，你见过她吗？"

"没有。我打过电话，提出想去探望，可是被她妈妈拒绝了。"

"被拒绝了？她妈妈怎么说的？"

"她说千春不在家，在远方的疗养所。所以，就算去家里也见不着人。"

"疗养所啊……你问过具体地址吗？"

她含着勺子，摇了摇头。

"没问。听她妈妈的语气，应该是不希望我去探病的，所以我也就没再坚持了。"

我点点头。她的心情我能理解。

"对了，你有千春同学的照片吗？"

"千春的照片吗？现在我手头没有，不过回家后应该能找到。"

"你家在哪里？我可以送你回去，到时能让我看看照片吗？"

她露出疑惑的目光，皱起了眉头。

"这种东西，能随随便便给别人看吗？"

"就看一眼，不会拿走的，看完马上就还你。"

"为什么非要看照片？千春和她姐姐的失踪事件，应该没有什么关联吧。"

她直击问题要害，显然对我仍未完全放下戒心。

"我想我迟早会去找千春的。 在那之前，先看看她的模样比较好。 如果连她长什么样都不知道，又怎么找她呢？"

虽然这个回答没什么说服力，但长发女孩似乎接受了。 她点了点头，说了句"稍等"后，拿出了手机。

"你在做什么？"

"你别管。"

她开始打字写邮件，我则继续喝着那杯难以入口的咖啡。

写完邮件后，她抬头看着我。

"千春的姐姐真的被绑架了吗？"

我差点被咖啡呛到。

"这话是谁说的？"

"大家都在私底下议论，说她其实是被绑架了。"

"这个消息是从哪里传出来的？"

"我也不清楚，但好像已经传得尽人皆知了。 你说，到底是不是真的啊？"

"警方并没有发布相关消息，至少我们没听说过。"

"是那个吗？ 什么协议来着？"

"哦，你说的是报道协议①吧。 我觉得应该不是，不过高层说不定知道些内幕。"

———————

① 警方有权要求媒体对特定类型的案件不做任何报道。——译者注

"就算真是绑架，这都过去十多天了……"话说到这里，她突然低下了头，"不说了。这种丧气话，要是真应验了，就太可怕了。"

我当然知道她想说什么。的确，那是大家都不希望在现实中看到的事。

她的手机突然响了。

"啊，这么快就来了。"

"什么？"

"千春的照片啊。我刚给朋友发了邮件，让她把照片发给我。我朋友有扫描仪，把千春的照片扫描后传过来了。"

"原来如此……"说实话，我打心底里佩服。在工具运用方面，这些女高中生可比不少业务不精的商务人士强多了。

"好了，这下你能看到了。"说着，她把手机屏幕转向我。在那几厘米见方的小小液晶显示屏上，一个女孩的笑脸映入眼帘。

虽然早有心理准备，但亲眼看到的那一刻，我内心还是受到了不小的冲击。其实在内心深处，我一直希望自己的推测是错误的。然而，眼前的照片说明了一切。

屏幕上的女孩，分明就是树理——那个前几天还与我相伴，跟我一同参与游戏的女孩。

回到公司，我完全无心工作。现在哪还有精力去顾及工作，光是梳理混乱的思绪，就已经让我有些吃不消了。

我的推测是正确的。出现在我面前的并非葛城树理，而是她的妹妹葛城千春。离家出走的人是千春。

从这里开始，就出现了一大堆未解之谜。她为何要自称树理？仅仅是一时兴起？可即便如此，在这场绑架游戏开始之前，总该坦诚相告吧？

包括葛城胜俊在内，葛城一家的举动中有太多让人难以理解的地方。按常理，他们在收到第一封恐吓信时，就应当察觉到被绑架的不是树理，而是千春。可为什么他们不指出这个错误呢？难道是因为即便绑匪误将姐姐和妹妹搞混，但女儿被绑架的事实并未改变，所以他们也没必要特意挑明？或是觉得不要贸然刺激绑匪为好？

不过，有一点可以肯定，那就是假树理，也就是葛城千春已经回家，并没有失踪。住在某个疗养所也只是个借口，实际上应该已经被转移到其他地方了，而且至少一直处于葛城家的照看之下。

真正下落不明的是真树理，而我从未见过她。

葛城树理究竟去了哪里……

那个长发女孩说的晦气话，又在我脑海里冒了出来。我摇了摇头。不管发生了什么，都与我无关，因为曾经和我待在一起的人是千春，而非树理。

又过了十天，我的心情依旧难以平复。从报纸和电视的新闻来看，葛城树理的失踪案似乎毫无进展。说实话，我打心底里希望树理能平安归来。如果可以，我都想跑到葛城家，冲进去大喊让千春出来见我。我恨不得抓住葛城胜俊的衣领，问问他到底打的什么算盘。

已经连续几晚睡不好觉了。这天早上，到了本该起床的时间，我还依旧赖在被窝里。头昏得厉害，正想着找个借口不去公司，就被一阵毫不留情地响个不停的电话铃声彻底吵醒了。我起身，爬到电话旁，拿起了听筒。

"喂，你好。"

"佐久间吗？是我，小塚。"

"啊，有什么事吗？"

"还没睡醒呢吧，那你肯定还没看电视。赶紧打开看看，了解情况后，给我回电话。"说完，他挂断了电话。

我边挠头边打开了电视，此刻正在播放早间新闻。男主播的声音传入我耳中。"树理"——听到这两个字时，我瞬间睡意全无，赶紧调高音量。

"今日凌晨，横须贺市发现一具年轻女尸。经指纹鉴定等线索排查，警方怀疑死者系日星汽车副社长葛城胜俊的长女树理。树理大约在二十天前失踪……"

第二十章

不过，我更在意杉本最后那句话。的确，树理一死，葛城家的人际关系便不再复杂。当然，葛城家的人究竟怎么想，目前还不清楚。

葛城树理的守夜仪式定在离葛城宅邸约十五分钟车程的寺庙举行。我们"网络计划"公司也派了员工去帮忙并上香，我也在其中。接待工作和 VIP 服务由日星汽车的人负责，我们主要负责在街角指路。

　　因为是日星汽车副社长千金的守夜仪式，寺院里挤满了前来吊唁的客人。尽管上香的队伍已经排成了五列，但还是排到了马路上。来帮忙的人都私下嘀咕：守夜都已经这样了，明天的葬礼还不知道会挤成什么样呢？

　　前来吊唁的客人散去后，我们被安排到休息室休息。虽然准备了寿司和啤酒，但在这种场合，也不好真的大快朵颐。小塚叮嘱手下，每人只许喝一杯啤酒。

　　"葛城先生似乎很消沉啊。"杉本低声说道，"上香时，我瞥了一眼，还是头一回见他这么颓丧，平时都是一副神采飞扬、自信满满的模样。"

　　"那肯定啊，毕竟女儿没了。"同事回应道，"况且死得还不明不白的。"

"估计他早有心理准备，可真到了这个地步，还是接受不了。"

"可不是嘛。说实话，我之前也觉得她可能遇害了，但看到新闻，还是吓了一跳。"

"凶手会是怎样的人呢？"

"会是哪种人呢……难不成是得知她是日星汽车副社长的女儿，才起了杀心？"

"不清楚，现在一点具体消息都没有。"杉本说完，四下张望，然后用手掩住了嘴，"听说遇害的树理小姐，并不是葛城先生现任妻子的亲生女儿。"

"啊，这个我也听说了。"

"而且，据说也不是前妻的孩子。"

"啊？那到底是谁的孩子？"

"是他情人的。好像是后来接来养的。"

"嘿，没想到葛城先生居然是这样的人。"

"说起来，葛城先生的夫人看起来可比他精神多了。说不定，那个麻烦的继女死了，她反而松了口气。"

听了杉本的话，一旁的同事忍不住笑了。小塚敏锐地发现了我们这边的情况，连忙提醒道："别多嘴！这里可不止我们公司的人。"

被小塚斥责后，杉本几人缩了缩脖子。

我很惊讶。我一直以为树理的身世是葛城家的最高机密，可是他们居然也多少听说过一些。这可是连综艺节目都不曾提及的豪门秘闻，毕竟他们也不愿意惹怒最大的广告赞助商啊。不过，既然连杉本他们都能听说，就说明消息已经泄露出去了。出了命案，就算是葛城胜俊，也无法完全掩盖真相。

不过，我更在意杉本最后那句话。的确，树理一死，葛城家的人际关系便不再复杂。当然，葛城家的人究竟怎么想，目前还不清楚。

假树理——葛城千春没出现在守夜现场。虽然无须跟我们这些外人解释原因，但想来他们对亲朋好友的说明应该是"千春受了刺激后一直病着"吧。她连上学都请假了，这种理由倒也说得通。

然而，我觉得她避而不见是另有隐情的。说白了，就是怕在我面前露面，怕我说出什么对她不利的话。

葛城胜俊，不，应该说是葛城家中，肯定藏着什么秘密，也在谋划着什么。这一点毋庸置疑。

葛城树理的尸体是在三浦半岛的山丘上被找到的。凶手将其埋进了土里，但还是被附近的居民发现了。尽管尸体已经开始腐烂，但通过部分指纹和牙齿，警方确认这就是失踪的树理。

心脏部位有被利器刺伤的痕迹，且大量失血，因此判断为他杀。部分衣物被脱下，随身物品也不见踪影。

只不过，尸体被发现的地方引起了我的注意。这不就是那个地方吗？是树理，不对，应该说是千春曾邀请我去过的那个可以看星星的山丘。新闻里没有透露具体方位，但我总觉得就是那里。

如果真是这样，为什么树理的尸体会出现在那种地方呢？千春又为什么要带我去那里？

就在我准备一口气喝完剩下的啤酒时，我突然觉得旁边似乎有人。侧目一看，葛城胜俊正站在入口处，目不转睛地盯着这边。

　　我一回头，他就立刻移开了视线，然后走了进来。这时，房间里的所有人都注意到了他，纷纷坐直身体。

　　"啊，大家请随意，别拘谨。"葛城胜俊一边抬手示意，一边扫视房间，然后低下了头。

　　"我女儿的事，多亏了各位的关心和照顾。百忙之中，给各位添了很多麻烦，我深感抱歉。警方承诺会全力缉拿凶手，我相信那一天很快就会到来。不过，女儿的事情毕竟是葛城家的私事，绝不会因此影响日星汽车的日常工作及相关业务。大家不必担心，继续按原计划推进工作即可。我也会尽快回到工作岗位。今天真的很感谢大家的支持。"说完，葛城胜俊又深深地鞠了一躬。

　　我跟着大家点头示意，心里却在想着葛城胜俊刚才的眼神。他刚刚盯着这边，而且肯定是在看我。

　　晚上上网时，我看到一则快讯，不禁倒吸了一口凉气。

　　"不出所料！葛城树理曾遭绑架！"

　　我颤抖着指尖，双击鼠标点开了快讯。

　　"近日，警方相关人士透露，前些日子被发现遗体的日星汽车副社长葛城胜俊的长女树理，实则遭遇过绑架。树理失踪后不久，绑匪便与葛城家取得联系。为确保树理安全，胜俊先生及家人决定暂不报警。交付赎金后，警方虽已展开调查，但因担心树理安危，一直未对外公开此事……"

　　我在电脑屏幕前发了一会儿呆。原来，葛城胜俊真的没有报警。在精心策划的赎金交接环节中，那些针对警方的佯攻全都白费了。

葛城胜俊为何不报警？说是为了女儿的安全，这个理由根本站不住脚。树理与千春被调换了身份，而树理惨遭杀害，这之间必然存在关联。

守夜之后，葛城胜俊望向我的眼神仍清晰地浮现在我眼前，挥之不去。

那个男人知道我是绑匪。毫无疑问，千春已经把一切告诉他了。那个男人到底有什么目的？

第二天，关于绑架案的报道铺天盖地，内容也更加详尽。通过"CPT车主俱乐部"网站的留言板交流，利用首都高速公路交接赎金，我做的一切几乎都被曝光了。包括我曾利用过的日星汽车向岛经销店店长等人，也在各大电视节目中接受了采访。葛城树理绑架杀人案成了街头巷尾热议的头号话题。

"太厉害了！"正在看体育新闻的同事用手背拍了拍报纸，"听说赎金有三亿日元，这可是一笔巨款啊。只是打了几个电话，就能把这么一大笔钱神不知鬼不觉地弄到手，这绑匪也太聪明了吧！"

"要我说啊，就是运气好罢了。"我旁边的男人回应道，"要是一开始就报警，估计绑匪就没有这种好运了。警方不是说，如果早点介入，就不会是这种结果了吗？"

"警方当然会这么说啊。他们总不能说，就算他们介入，绑匪也一样会在他们眼皮底下拿走赎金吧？说不定他们正在暗暗庆幸没有接到报案呢。要是介入后再被绑匪耍得团团转，那可就太丢脸了。幸好是事后接手，绑匪再怎么高明，也不会影响到他们的颜面。况且人质已经被杀了，这下他们就可以毫无顾忌地放手调查了。"

"喂喂，小点声。"

两人相视一笑。

我拿起旁边的电话，对照手机里预存的号码按下按键，拨通了对方工作单位的直线电话。

"这里是社会部。"一个熟悉的声音传来。

"你好，我是佐久间。"

"啊，佐久间先生。我是汤口，上次多谢款待。"

"那件事后来有什么新进展吗？"

"您说的是葛城树理的事吧。"汤口压低声音，"事情闹大了。我们上次见面后，她的尸体就被发现了。其实我也多少猜到她可能会被杀。负责这个案子的同事，最近都在没日没夜地加班呢。"

"那有得到什么最新消息吗？"

"怎么说呢……葛城家戒备森严，估计得到的消息就和新闻报道里的内容差不多。我等会儿再去打听打听。"

"那就拜托了。对了，可能有点突然，今晚能见面聊聊吗？"

"啊？这也太突然了吧。"

"我近期要跟葛城先生碰面，想尽量多掌握点信息。"

"明白了，我尽量安排。还去之前那家店？我七点左右应该能抽出时间。"

"行，那就七点见。"

放下听筒后，我开始反思刚才有没有露出什么致命的破绽，有没有说什么不该说的话，语气够不够自然……

不过，我还是轻轻摇了摇头。事到如今，再想这些也无济于事了。不如想想从现在到七点该做些什么吧，实在是无心工作了。

到了咖啡店，汤口已经坐在窗边的座位等我了。看到我后，他微微举手示意。

"这么忙还让你出来，真是不好意思。"

"没事，学长您才辛苦呢。"

我点了杯冰咖啡，身子往前探了探。

"关于那件事……"

"我明白。我已经把目前能打听到的消息全都问到了。不过，接下来的内容您可一定要保密，我可不想被日星汽车和警方盯上。"

"放心，你觉得我会让你难做吗？"

"嗯，我当然信得过学长。"汤口拿出一个小本子，"简单来说，警方目前还没锁定任何嫌疑人。他们已经对树理小姐的人际关系展开了调查，不过暂时没有发现可疑人物。"

"警方觉得是熟人作案？"

"被绑架的不是小孩，而是成年女性，很难想象她会轻易跟陌生人走。就算是被强行掳走，也显然是一次有计划的犯罪，所以绑匪应该是树理或是葛城家的熟人。"

"可那是超级富豪葛城家啊。说不定绑匪只是单纯为了劫财而随便挑了个富家女下手呢？"

"也有这种可能性，只是不太大。"

"为什么？"

"还用说吗？"汤口看了看四周，声音压得更低了，"因为他们杀了人质。要是和葛城家毫无关联的人，只要不让树理小姐记住长相，拿了赎金后就可以放人了。可是从目前的信息来看，犯人从一开始就没打算让树理小姐活着回去。"

他说的意思我心里清楚，树理的死亡时间至少是在两周前，可见她失踪后不久就遇害了。

"作案手法极其残忍，警方认为犯人犯下这起案件不仅仅是为了钱财，更可能是出于强烈的仇恨。"

"仇恨吗……"

我的心情很复杂。没错，我对葛城胜俊心怀怨恨，的确是出于报复才策划了这场游戏，可那也是千春这枚"棋子"凑巧落入我手里后才想出来的计划。而且，我没杀葛城树理，甚至连见都没见过她。

"警方是不是掌握了什么线索？"

"据说有好几个。赎金交接时，葛城先生和绑匪通过几次电话，而且还有当时的录音带。"

"录音带？录下来了？"

"好像是。虽然当时没报警，但据说他们本打算等树理小姐平安回来就立刻报警的，所以留存了许多能够辅助调查的证据。"

这的确很符合那个男人的行事风格。他当时没报警，就已经很让我想不通了。

"还有别的证据吗？"

"警方也不会把所有情况都透露给我们……啊，对了。"汤口看着笔记，单手掩住了嘴，"说到树理小姐，似乎她在那方面也没能幸免。"

"那方面？"

"虽然人已经被杀了，这时候提这些可能没什么意义……就是贞操方面。"

"啊……"我惊得说不出话来。

"这件事目前还没被媒体报道出来。不过，警方已经找到了有力的证据。首先是男性的阴毛，还有……"汤口再次压低了声音，"男性的体液。据说还有一些残留。当然，发现时肯定已经干了。"

我感觉自己的心跳在加速，我用力克制着，不让内心的慌张表现在脸上。

"还有别的证据吗？"我的声音微微发颤。

"应该还有，只是没有对外公开。如果有新情况，我会马上通知您。"

"真不好意思，那就拜托你了。"

我喝了一大口冰咖啡，努力让自己平静下来。

"为什么是横须贺呢？"

"嗯？"

"尸体在横须贺被发现的原因。绑匪为什么把她埋在那里？警方有没有提出过相关的推测？比如怀疑绑匪的藏身点就在横须贺之类的。"

"这个倒是没听说过，不过据说警方在横须贺进行过一次全面调查。"

"全面调查？"

"其实很简单。就是拿着葛城树理的照片，四处打听有没有人见过她。警方推测，凶手并非单纯去横须贺埋尸，很可能那里就是第一案发现场，所以应该有人见过活着的树理。于是警方就过去调查了。"

"为什么这么说？"

"这我就不清楚了。"汤口两手一摊，摇了摇头。

与汤口分开后，我径直回到公寓，简单吃了个晚饭后，便坐在电脑前。可电脑启动完毕后，我仍坐着不动。

此前零散的拼图碎片在我的脑海中慢慢拼凑起来。虽然还有不少缺失的部分，但大致轮廓已然浮现。

汗水从太阳穴流了下来。这就是所谓冷汗吧。空气异常闷热，我却起了一身鸡皮疙瘩。

一想到拼图完整的模样，一股难以名状的焦躁感便涌上心头。我努力地想要推翻这个假设，努力地尝试用其他方式重新拼凑拼图。但无论尝试多少次，最终都得到了同一个结果。如果我的推断没错……

我深吸一口气后，缓缓敲击键盘。多希望自己推断错误……可光是祈祷又有什么用呢？现在也只能尽量补救了。

突然，我想起一件事。我猛地起身，走进卧室，走到挂在衣架上的外套旁，伸手探进内袋，掏出了里面的东西。或许这能成为我的救命稻草。

我再次回到电脑前，继续工作。

最后一步是写邮件。我思考片刻后，输入了如下内容：

尊敬的葛城胜俊先生：

有要事商量，请尽快与我联系。关于我想说的内容，想必您也心中有数。联系方式不限。您应该已经知道了我的身份，我也无须再报上姓名。 直接打电话也无妨，但务必确保不被侦查机关察觉。 您应该清楚，一旦出了岔子，对我们双方都没有好处。

我希望通过交易，妥善解决目前复杂的局面。 如果这两天内没有收到您的回复，我将亲自登门拜访。

一个收留过葛城千春的人

邮件的文笔不佳，可我实在没精力在遣词造句上费心思了。 反复读了几遍后，发往那个发过多次邮件的邮箱地址。 我的心脏依然剧烈地跳动着。

第二天一大早，我就开始心神不宁了。 因为不清楚葛城胜俊何时会来电话，就连上厕所的时候，我都得带上无线电话的子机。 到公司后，我也时刻留意着手机的动静，又担心他会打公司的内线电话找我，所以几乎不敢离开座位。 我不停地查看邮件，甚至时不时还得刷新"CPT 车主俱乐部"的网站。

然而，葛城胜俊并没有回信。 我甚至怀疑，难道他还没识破我的身份？ 但怎么想都觉得不可能。

下班后，我就这么郁闷地回到了公寓，越发觉得发出那封邮件是个错误的决定。

打开门，走进房间，真想直接扑倒在沙发上。 不过在那之前，我还是先检查了一下电话留言。 然而，一条留言都没有。

我深深地叹了一口气，瘫坐在沙发上。 刚要打开电视，卧室的门突然开了，"树理"走了出来。

第二十一章

我试图开口，但大脑的指令传不到嘴边，我意识到自己已经发不出任何声音了。或许听觉也出了问题，不过这已经不重要了。我的思维仿佛被黑暗吞噬，接着坠入了无尽的深渊。

突然间，我意识到，也许这就是我最后的感知了。

"树理……"我喃喃道，随即摇了摇头，"该叫你千春小姐才对。好久不见，很高兴还能再见到你。"

"把电视关了。"她在单人沙发上坐下。

我拿起遥控器，关掉了电视。无声的房间里，沉默蔓延开来，我感到一阵窒息。树理，不，千春神情紧绷，似乎不愿意直视我。

"你给我爸爸发邮件了吧？"

"我一直在等回复，没想到你会来。"说完，我突然想到了一个问题，"你是怎么进来的？"

她从小包里掏出一把钥匙，看起来像是我家的钥匙。

"这个钥匙据说没法复制啊。"

"这不是复制的钥匙，就是你借给我的那把备用钥匙。"

我伸手拉开桌子的抽屉，看向放着备用钥匙的角落。

"备用钥匙在这里啊。"

千春微微一笑。"那是假的。"

"假的？"

我拿出抽屉里的钥匙，和自己的比对了一下。虽然制造商和形状完全一样，但只要仔细观察，就会发现齿痕凸起部分的纹路的确有些微妙的差别。

"原来是你调包了啊？"

"这个牌子的钥匙，不是到处都能买得到吗？"

"你是什么时候买的？"

"不是我买的，是爸爸拿到这附近给我的。"

"爸爸啊……"我叹了口气，感觉浑身的力气都被抽干了，"所以这一切都是你策划的吗？"

"也不能说一切都是吧，毕竟最先想出绑架游戏的人不是你吗？"

"所以你利用了我？"

"我只是抓住了机会而已，毕竟那是我摆脱绝境的最后一线生机了。"

"绝境？"我勉强扯出一丝微笑，其实根本笑不出来，"让我来猜猜，到底是什么绝境呢？"

千春目光犀利地看着我。见她这副神情，我几乎能想象到她当初那样做时的模样。

我迎上她的目光，说道："是你杀了树理，对吧？"

千春依旧淡定，似乎早就料到我会这么说。收到我的那封邮件后，他们父女俩应该能猜到我早已看清了真相。

"我不是故意的。"她说道。语气轻描淡写，就像在为一点小失误找借口。

"我知道，你一定不是蓄意谋杀。不是冲动杀人，就是过失杀人，否则……"我舔了舔嘴唇，"那天晚上，你也不可能从家里逃出来。"

"真不愧是你。"千春举起双手，伸了个懒腰，"啊，可算痛快了。早就想跟你说了，在这里假扮树理的时候就想说了，憋得心里直痒痒。我特别想看你惊讶的样子。"

"那件事应该是真的吧？"

"哪件事？"

"你说离家出走是因为和千春为面霜的事情吵架。吵架或许是真的，但后面的事，应该就是谎言了吧。愤怒的你刺死了早就看不惯的树理……对吧？"

千春赌气似的别过头，我注意到她的鼻型和葛城胜俊极为相似。反观照片中的树理，鼻梁更挺，线条也更好看。

"是用什么刺死她的？"

"剪刀。"

"剪刀？"

她轻轻撩了撩脑后的头发。

"我的理发技术很好，偶尔也会帮朋友剪剪头发，所以特地找相识的理发师要了一把好剪刀。"

"原来如此。那把剪刀当时就放在洗手间里吧。因为树理擅自用了你的面霜，你们为此发生了争执，你一气之下，就用剪刀把她刺死了。"

"那个面霜……"千春望着远处，"是我和妈妈去法国时买的，日本根本买不到，我一直都不舍得多用。可她居然一声不吭就……"

她看向我。"不过，是她先动的手，她上来就扇了我一巴掌。"

"但你防卫过当也是事实。刺死她之后，你因为害怕而选择了逃跑，对不对？"

千春瞪了我一眼，随即起身。

"我渴了，有喝的吗？"

没等我回答"请自便"，她就径直走进厨房，出来时手里多了一瓶白葡萄酒，是慕斯卡德干白葡萄酒[①]。这款酒很适合搭配清淡的开胃菜。

"能喝吗？"

"请便。"

"你也来点？"

还没等我回答，她就拿了两个酒杯放在茶几上，把螺旋式开瓶器和葡萄酒递给了我。

"逃出去之后，你怎么打算的？当时你在找酒店，想在外面过夜。然后呢？"

"别废话，专心开你的葡萄酒。"

我拔开葡萄酒的瓶塞，往两个杯子里倒酒。我们象征性地碰了碰杯，各自抿了一口。酒的酸味宜人，带着"酒泥陈酿"特有的新采葡萄香气。

"还没想好。"她开口道。

"什么？"

"我说，我也没想好后面该怎么办，反正就是不想再待在家里

———————————

① 法国出产的一种白葡萄酒。——译者注

了。家里肯定已经乱成一锅粥了，我杀人的事迟早会败露，到时候一堆人来问这问那的，光是想想就觉得受不了。而且我想着，如果爸妈知道凶手是我，说不定会想办法帮我隐瞒。等那些麻烦都解决了，再回家也不迟。"

"他们多半会偷偷处理掉尸体，抹去所有线索，好让你不至于因杀人而被捕。"我将杯里剩下的葡萄酒一饮而尽，又给自己倒了一杯，"想得真美。"

"我当然清楚这是痴心妄想。就算是爸爸，也不可能抹去杀人案……所以我才说，当时的我已经走入绝境。"

"然后，我就出现了。"

"我可没盼着你出现，是你自己凑上来的。"

她的话让我一时语塞。的确，我想抓住葛城胜俊的把柄，所以才主动接近她。

"那你为什么决定跟我走？是觉得这个家伙可以利用吗？"

她拿着酒杯，摇了摇头。

"说实话，那时候我什么都顾不上了，包括你。我满脑子想的都是自己干的事，但总得先找个住的地方吧，而且我又不想回家，所以当时我根本没的选。"

"原来如此，我明白了。"我又喝了一口酒，"那你为什么要冒充树理？"

"理由很简单。我不想暴露葛城千春这个名字，也不想让一个陌生又可疑的男人知道葛城千春在外面闲逛，所以才随口编了个谎。"

我轻轻摇了摇头。

"你下意识撒了个谎，之后说起自己的事情时，也完全代入了树理的身份，演技堪称精湛啊。"

"这话听着像是在讽刺我，不过还是谢谢了。"

"然后呢？"我把酒杯放在桌上，"这次的计划是什么时候决定的？当然，肯定是在我提议运作绑架游戏之后，但你也不可能一听完就立刻想到这个办法吧？"

"不是马上想到的。"她拿起酒瓶，要给我酒杯倒酒。我拦住她，自己动手。

"倒酒是男人的事。"

"听到你关于游戏的计划后，我突然灵光一现。既然你把我当成树理，还想假装绑架我，那我或许就能借这件事做点文章，所以就打算先按照你的方法试试看。"

"在听我描述计划的过程中，你越发坚定了这个想法，是吧？"

"其实真正让我坚定想法的……"千春微微一笑，"是爸爸的夸奖。"

"被夸了？"

"听你说完游戏计划后，我马上给爸爸打了电话，毕竟我也很想知道他们要怎么处理树理的尸体。"

"原来你们从一开始就有联系。也是，葛城先生肯定也很慌吧——女儿被杀，凶手还是另一个女儿，所以自然不会报警。"

"我给他打电话时，他也正想办法掩盖这件事，而且还担心我会因此自杀。听到我的声音后，他明显松了口气。他没有怪我杀了树理，还说自己肯定会想办法解决此事，让我先回去。然后，我就把你和你设计绑架游戏的事情告诉他了。"

"然后就被夸奖了？"

"当时我就是有种预感，也许可以利用你的计划。爸爸说，关键时刻能否凭直觉做出决断，正是成功者与普通人的区别。"

我点点头，这确实像是葛城胜俊会说的话。

"那么，葛城先生是怎么指示你的？"

"爸爸说先按你说的做，接着把具体情况详细汇报给他。等方案确定后，他会再联系我。"

"联系？怎么联系？"

"打我手机就行。"她若无其事地说道。

"手机？你不是没带吗？"

"带了啊。这么重要的东西，我怎么可能会忘？"千春嘲讽地笑了笑，"只是跟你在一起时，关机了而已。"

"被耍了啊。"我摇了摇头，"也就是说，你用手机接收了葛城先生的所有指示，对吧？包括去横须贺。你也根本就没有什么叫小雪的朋友，是吧？"

"有啊，初中同学，只是最近没见过。"

"你们非要让我去横须贺，是想把树理的尸体埋在那个山丘上吧？但是光让我去还不行，为了后续的计划，还要故意设个局，好让我在横须贺留下痕迹。"

"是啊，费了不少心思。"千春跷着二郎腿，斜睨着我，"比如，你能想到哪些？"

"我当时坐在一家家庭餐厅里等你，结果停在停车场里的车被人喷了漆。所以店里的人说不定还记得我的样子，MR-S 这种车很少见，他们应该也会有印象。要是警方拿着我的照片去问，或许就能从店员口中得到证词了。喷漆的事，也是葛城先生干的吧？"

"是我妈妈做的。"

"妈妈？原来还有另一个同伙啊。"

"关于你的物证可不止这些哟。"

"我知道，但我还是有点想不通。"我盯着她的眼睛，接着又看向她跷着的脚，"当时你让我抱你，也是为了让我留下痕迹吗？你想拿到我的精液或者阴毛……可我不觉得你爸妈会让你做到这个地步。"

"爸爸只让我拿到你的头发。你还记得横须贺山丘上有座小地藏菩萨像吧？他让我把东西藏在后面。可我觉得不够。其实爸爸应该也想要你的精液，只是这种事不好开口，所以让我只拿到头发就行。我明白他的意思，所以还是决定拿到这个铁证。"

"哪怕……是和不喜欢的男人上床也在所不惜吗？"

"生气了？"

"没有。"

"我挺喜欢你的，你有胆量，又很聪明，所以我并不排斥和你发生关系。要是你又蠢又讨厌，我肯定也不会那么做。"

"这算是在夸我吗？"

"爸爸也很认可你。这次的计划，关键就在于你不蠢。要是碰上一个胡乱制订绑架计划的男人，我们就全完蛋了。爸爸之前不是突然去了你们公司吗？"

"这么说来……"葛城胜俊当时是来我们公司看了一些游戏。

"爸爸专程去看了你策划的游戏，好像叫《青春面具》，对吧？看完后，爸爸就断定你这个人靠得住。"

我叹了口气，摇了摇头，不由得露出一丝无奈的苦笑。

"真没想到会在这种地方得到他的认可。"

"你让我在情人旅馆打电话，还巧妙地留下了汽笛声，爸爸说这招特别高明。"

"那也是为了留痕迹？"

不知不觉，我竟被推上了葛城胜俊铺好的轨道。

"不过，真正的较量才刚开始。爸爸特别想知道你打算怎么拿到赎金，可是你一直不告诉我。我都恨不得告诉你，爸爸根本就没报警了。"

"在箱崎搞的'烟幕弹'，肯定让葛城先生挺生气的吧？"

"确实，他很希望你能痛快地拿走赎金。不过，最后他还是挺佩服你的，说确实得确认有没有警察跟踪。"

"关于正式交接赎金，他是怎么说的？"

"那还用说，当然是夸你干得漂亮啊。这么一来，几乎没有留下任何可以锁定绑匪的证据，哪怕警察跟踪监视，也不会耽误你后续的计划。"

我点点头。虽然不是什么值得高兴的事，但至少能确定，这个计划没被葛城胜俊看不起。

"你带着两亿七千万日元又去了横须贺，把钱藏在根本不存在的小雪房间里。那笔钱后来哪儿去了？"

"那栋楼里有个类似杂物间的地方，我就把钱藏在那里了。藏好后，我马上给爸爸打了电话。我们一离开，爸爸就去取了。"

"原来如此。这样一来，葛城树理被绑架、赎金已交付的假象就被完美制造出来了。不过，我还有一个大疑问，虽然我大概能猜到答案。"

"什么？"

"你们打算怎么处置我？"

千春耸了耸肩膀。

"这个问题很难回答。"

"是吗？"

"你说大概猜到答案了，那就说来听听吧。"

"都到现在了，你还跟我卖关子。行吧。你们成功掩盖了树理被杀的真相，假绑架案也顺利收场。但你们还有顾虑，或者说是担心我迟早会发现事情的真相。随着事件被逐步报道出来，我很快就会找出其中的破绽。最坏的情况就是我跑去报警，虽然这种可能性很低，毕竟我是这起假绑架案的主谋，不太可能主动报警。可即便如此，你们还是担心我不会永远保持沉默。而且，万一我哪天被警方盯上了，说不定就会选择自首。哪怕警方一开始不相信我，但只要开始调查，媒体就会闻风而动。葛城家定然不愿意见到这种事发生。想要彻底解决这个问题，大概就只剩下一个办法了。"

说到这里，我心里猛地警铃大作，紧接着一阵剧烈的头痛袭来，痛感迅速蔓延至整个脑袋。没过多久，疼痛逐渐减轻了，但神经却开始变得迟钝，意识好像被什么东西吸走了似的。

我紧紧盯着千春，接着目光移向那瓶葡萄酒。

"你做了什么？"

"药效上来了？"她探头看着我的脸。

"你在酒里放了什么？"

"我不清楚，是爸爸给的药。我用注射器灌进酒瓶里了。"

我靠仅存的一点思维判断这应该是麻醉药。

"你们从一开始就打算杀我？"

"不清楚，我只是按照爸爸的指示做而已。"

"他肯定一开始就打算杀我，不然这个计划根本不可能成功。那个男人制订的计划，怎么可能有缺陷？"

我试图站起身，可身体却不听使唤，脚下一绊，便从沙发上滑了下去。侧腹磕到了桌角，但我并不觉得痛。

"我只是照指示办事，之后的事我也不清楚，爸爸应该会处理好一切的。"

千春站了起来。看来她之前只是在假装喝葡萄酒。

我的意识正在消散，眼前也开始变得模糊起来。

不能就这样昏过去。如果在这里晕倒，他们一定会按照计划行事——杀了我，再伪装成自杀。动机无非我无法承受罪行的重压，或者是自知难逃法网，迟早要受到法律的制裁。

"等等……"我拼命挤出声音，"听我说，对你……有好处。"

我不知道千春在哪里，也不确定她有没有听到。即便如此，我还是把所有力气集中在喉咙部位。

"电脑……'汽车公园'的……文件……"

　　我试图开口，但大脑的指令传不到嘴边，我意识到自己已经发不出任何声音了。或许听觉也出了问题，不过这已经不重要了。我的思维仿佛被黑暗吞噬，接着坠入了无尽的深渊。

　　突然间，我意识到，也许这就是我最后的感知了。

　　胸口像被重物压着，让我喘不过气，又像做了一场可怕的噩梦。脸颊滚烫，身体却感到寒冷，甚至可以说是冰凉刺骨。我还感觉流了一身的冷汗。

　　我闭着眼睛，但那种感觉反而让我很安心——至少证明我还活着。

　　睁开眼时，眼前虽然模糊，却依稀能看见一些东西。四周一片昏暗。

　　紧接着，视力慢慢恢复。我认出这是自己熟悉的房间，自己好像还躺在沙发上。我试图起身，五官却因痛苦而扭曲。一阵剧烈的恶心和头痛袭来，几乎让我再次昏厥。

　　几次深呼吸后，这股恶心和头痛感才稍有缓解。我缓缓撑起上半身，耳后传来阵阵脉搏跳动的声响。

　　"醒了？"一个男人的声音传了过来。

　　我只能依靠余光扫视四周，现在就连转动脖子都格外吃力。

　　不久，视线的角落出现一个身影，那个人在我对面的椅子上坐下——是葛城胜俊。

　　我重新坐回沙发上，身体还在止不住地摇晃。此刻，即便对方发起攻击，我也无力防御。但葛城胜俊似乎并无此意，他悠闲地跷着腿，点了一支烟。

他今日穿着一套双排扣的西装，这让我松了口气。如果真想杀我，他来到这里肯定会避人耳目，应该穿得低调一些才对。

"主角终于现身了。"我说道，声音听起来有些模糊，"或者，应该说是幕后黑手吧。"

"多谢你照顾小女。"葛城胜俊说道。他的语气异常平静。

我看了看四周。"您女儿已经回家了吗？"

"先让她回去了。太晚的话，内人会担心。"

"您夫人似乎也是同伙啊。"

葛城胜俊没有回答，只是投来了犀利的目光。

"我想我女儿大概已经跟你说了。原本我打算亲自解释，但她坚持要见你最后一面。"

"能见到她，我很高兴，虽然不知道这是不是最后一面。"

"首先得对你说声辛苦了，这话可不是讽刺你。你应该也从我女儿那里听说了，你确实做得很出色，几乎无懈可击。那取赎金的主意，是你自己的想法，还是从推理小说或者其他地方得到的灵感？"

"是我自己想的。"

"是吗！相当精彩。"他缓缓吐出一口烟，透过烟雾打量着我，"不过也不是完全没有漏洞。你之前是用英语给我下的指示，但万一警察中也有擅长英语的人呢？这一点扣了分。"

"我知道葛城先生精通法语，我自己也略懂一二。之所以没用法语，就是怕暴露身份。如今的日本人中，会说英语者比比皆是，但会说法语的，估计就没几个了。深思熟虑之下，我才做出了这个选择。"

"原来如此，只是想法不同而已啊。"葛城胜俊似乎并未因为我的反驳而恼怒。

"您的计谋也很精彩。虽说离不开千春小姐的精湛演技，但能在重重限制下埋设这么多伏笔，实在令人佩服。"

"没什么，跟经营公司比起来，这算不了什么。这次只需要骗过你一个人就足够了。作为企业的领导，我既要骗员工，又要骗消费者，可比这费劲多了。"他认真地说完，又吸了一口烟，"对了，听说你刚才问了我女儿一个问题？"

"是啊，问您打算怎么处置我。"

葛城胜俊听完，狡黠一笑，将烟灰弹进烟灰缸里，接着将跷着的腿上下互换了一下，饶有兴致地点了点头。

"计划再怎么天衣无缝，葛城家也不可能完全放心，因为还有一个知晓全部秘密的人活着。佐久间骏介——这个人必须除掉。要将他的死伪装成自杀，让警方误以为他是绑架树理的真凶，这才是整个计划中最重要的一环。你推测的大概就是这些吧？"

"不对吗？"

"倒也不能说全错。要说没动过那种心思，那肯定是假话。不过，佐久间，我可没你想的那么简单。如果你真是那么看我，那就太可惜了。当然，我也能理解你的心情。自己精心设计的完美计划被人拿来算计自己，换谁心里都不好受。所以你早就留了后手……不愧是我欣赏的男人。"葛城胜俊将目光投向了我身后，大概是电脑所在的位置吧。我能听到散热风扇的声音，看样子电脑已经开了。

"您看过文件了？"

"当然看了。"

昏迷前对千春说的那句话，果然没白说。

"听我女儿提起有什么文件时，我起初并没太当回事，想着顶多就是警告我，一旦你死亡，记录案件真相的文字资料就会被自动发送给警方之类的。"

"可这威胁也不小了吧？"

"这算什么威胁？直接否认就好了。就算我真想杀你，也不会因为这些东西就改变主意，只要说那是绑匪自杀前编出来的故事就好了。你觉得警方会信谁？"

我沉默着，无意反驳。葛城胜俊露出满意的笑容，在烟灰缸里轻轻掐灭烟头。

"看来你还有点本事。文档里藏着案件的真相，这我早就料到了。不过另一份资料，倒真是让我大吃一惊——或者说，佩服得五体投地才对。"

"老实说，纯属巧合。"我坦言，"当时根本没想过会派上用场。"

"优秀的人就是这样，总能在不知不觉中收集到对自己有利的东西，这种本事不是靠谁教来的。"

我苦笑了一下，真没想到有一天会被这个男人如此夸赞。

"我没打算杀你，"葛城胜俊说道，"因为根本没必要杀你。只要你不被警方抓住，你就不会把真相透露给任何人。而且你也不必担心会被逮捕——我们自会保你平安。只要利用好'受害者'的身份，替你开脱还不是轻而易举的事？当然，前提是你得完美通关这场游戏。显然，你已经做到了。"

"既然没有必要把我塑造成凶手，那为什么要在横须贺留下我的痕迹？"

"一方面是为了抓住你的把柄，也就是要保证我们可以随时拿出你是凶手的证据。但更重要的是，我需要捏造出一个'真凶'存在过的铁证。绝不能让任何人觉得这是一起假绑架案，只有让'凶手'真的行动过，才能证明'凶手'的确存在。"

"那刚才为什么还要把我迷晕？"

葛城胜俊狡黠一笑，似乎早就等着这个问题。

"你以为睡着了就会死吗？"

"说实话，的确如此。"

"我想也是。所以你才用尽最后的力气拿出底牌。其实我的目的也正是这个——你的底牌。"

我轻轻地叹了口气。

"原来是想看我手里到底捏着什么底牌？"

"游戏结束了，但胜负未分。我已经亮明所有底牌，总得看看你手里还剩什么牌吧。"

葛城胜俊的目光再次投向电脑。我下意识地跟着回头，看到电脑屏幕上出现了一张照片——照片中的背景，任谁都看得出就是这个房间。

冒充树理的千春正端着托盘，上面放着为我做的饭……

（完）

人性光谱下的"无人生还"

——《绑架游戏》译后记

——潘郁灵

　　这部以"绑架"为外壳的小说，实则是对人性欲望与博弈的残酷解剖，在霓虹闪烁的都市背景下，勾勒出一幅关于伪装、操控与自我毁灭的现代寓言。

　　故事以广告策划人佐久间骏介的失意开篇。当他负责的"汽车公园"项目被日星汽车副社长葛城胜俊否决时，不甘的怒火与复仇的念头便在他心中滋生。这天，一个深夜翻墙逃离豪宅的少女——葛城树理闯入他的视线，这个被他误认为葛城胜俊私生女的女孩，成为他策划"绑架游戏"的关键棋子。佐久间构思的剧本里，赎金是博弈的筹码，而"人质"则是撬动葛城胜俊商业帝国的杠杆。

　　东野圭吾在此设置了精妙的叙事圈套：读者与佐久间一同落入"树理"编织的身份迷宫。当她自称是不受宠的私生女，叙述被继母与异母妹妹排挤的遭遇时，言语之间的委屈与倔强让佐久间乃至读者都心生怜悯。然而，随着情节的推进，真相如剥洋葱般层层展开，这个自称"树理"的少女，实则是葛城胜俊的次女千春，而真正的树理早已在姐妹争执中被千春失手杀害。这场由佐久间发起的"绑架游戏"，从一开始就沦为葛城家掩盖罪行、转嫁危机的工具。东野以"游戏"为叙事主线，却在每一个回合埋下伏笔。当佐久间指导千春如何扮演"人质"，如何在电话中伪装恐惧时，读者能清晰地感受到现代社会的荒诞：绑架竟成了一场需要精湛演技的角色扮演游戏。而葛城胜俊在接到勒索信后冷静应对的姿态，更是将这场游戏推向了更深的深渊。他不仅洞悉一切，甚至暗中操控着游戏的规则，将佐久间的每一步算计都化作掩盖真相的棋子。

　　小说最震撼的地方莫过于对"无好人"设定的极致演绎。佐久间看似是游戏的主导者，实则是被欲望驱使的困兽。他的自信源于对"消费者心理"的精准把握，但他却在葛城父女的算计中沦为候选的替罪羊。在横须贺的山丘上与"树理"发生关系时，他自认为是掌控局面的征服者，却不知自己早已踏入对方精心设计的陷阱。那些被刻意留下的生物痕迹，都是未来指证他的"铁证"。葛城千春的角色则颠覆了传统绑架案中受害者或施害者的单一形象。她既是杀害姐姐的凶手，又是父亲手中的棋子，更是玩弄佐久间情感的操纵者。当她在情人旅馆对着电话那头的父亲冷静汇报时，当她在箱崎立体交叉桥上演"交接赎金"的戏码时，少女的天真与恶魔的冷酷在她身上交织，形成令人毛骨悚然的反差。在极端情境下，人性的善恶边界会变得模糊，每个人都可能为了自保而化身假面舞者。葛城胜俊作为幕后操盘手，其形象更具深意。这个在商场上杀伐果断的男人，面对女儿的罪行时，展现出的不是父爱，而是商人的精准计算。他利用佐久间的报复心理，将一桩杀人案包装成绑架勒索案，甚至在佐久间昏迷时仍在评估"棋子"的利用价值。当他说出"优秀的人……总能在不知不觉中收集到对自己有利的东西"时，他暴露的是资本世界里弱肉强食的生存法则：道德在利益面前，不过是可以随时丢弃的筹码。

故事的结局充满东野式的冷峻。当佐久间在昏迷中醒来，面对葛城胜俊的"坦白"时，读者才惊觉这场绑架游戏从头到尾都是彻头彻尾的骗局。葛城胜俊没有杀佐久间，并非出于仁慈，而是看中他"完美通关者"的价值——一个活着的"前绑匪"，比一个死去的替罪羊更能坐实"绑架杀人"的假象。而佐久间最终选择保留证据，并非为了揭露真相，而是在认清这场人性游戏的规则后，选择以沉默作为最后的反抗。东野在结局处设置了一个开放式的隐喻：当佐久间看着电脑中千春的照片时，屏幕上的影像既是假面的倒影，也是人性荒原的镜像。在这场没有赢家的游戏里，佐久间失去了事业与尊严，千春背负着杀人的秘密，葛城胜俊保住了家族声誉，却永远失去了道德底线。所谓"游戏结束"，不过是所有人都坠入更深的困局。

《绑架游戏》的魅力在于，它打破了推理小说"寻找真凶"的传统范式，转而将镜头对准人性的幽微角落。佐久间以为自己在操控游戏时，实则被更庞大的欲望机器吞噬；读者以为看透了角色的伪装时，却发现每个面具之下都有更深的假面。在名为"欲望"的游戏里，我们都是戴着假面的玩家，在互相算计中走向自我毁灭的终局。

这部作品之所以令人战栗，正因它照见了我们每个人心中潜藏的"佐久间"，那个试图在规则中投机取巧，却最终被规则反噬的普通人。

当科技与人性交织成精密的陷阱，当假面成为生存的必要装备时，我们是否也在不知不觉中，成了这场绑架游戏的共犯？

东野圭吾的叙事迷宫，最终通向的是对现代性生存困境的深刻叩问，这或许正是《绑架游戏》超越普通推理小说的文学价值所在。

GAME NO NA WA YUKAI
©Keigo Higashino（2005）
All rights reserved.
Original Japanese edition published by Kobunsha Co., Ltd.
Publishing rights for Simplified Chinese character arranged with Kobunsha Co., Ltd. through
KODANSHA BEIJING CULTURE LTD. Beijing, China

著作权合同登记号：字 18-2025-098

图书在版编目（CIP）数据

绑架游戏 / （日）东野圭吾著；潘郁灵译 . -- 长沙：
湖南文艺出版社，2025.10. -- ISBN 978-7-5726-2601
-2

Ⅰ . I313.45

中国国家版本馆 CIP 数据核字第 2025FU4827 号

上架建议：畅销·悬疑推理

BANGJIA YOUXI
绑架游戏

著　　者：［日］东野圭吾
译　　者：潘郁灵
出 版 人：陈新文
责任编辑：夏必玄
监　　制：于向勇
策划编辑：布　狄
版权支持：金　哲
特约编辑：罗　钦　郑　荃
营销编辑：黄璐璐　时宇飞
装帧设计：沉清Evechan
版式设计：马睿君
内文排版：谢　彬
出　　版：湖南文艺出版社
　　　　　（长沙市雨花区东二环一段 508 号　邮编：410014）
网　　址：www.hnwy.net
印　　刷：三河市天润建兴印务有限公司
经　　销：新华书店
开　　本：855 mm×1180 mm　1/32
字　　数：228 千字
印　　张：9.5
版　　次：2025 年 10 月第 1 版
印　　次：2025 年 10 月第 1 次印刷
书　　号：ISBN 978-7-5726-2601-2
定　　价：59.80 元

若有质量问题，请致电质量监督电话：010-59096394
团购电话：010-59320018